DIE PERFIDE PERSERKATZE

MISS DOLITTLES GEHEIMNIS
BAND 14

MOLLY FITZ

KATZENGEHEIMNISSE

ÜBER DIESES BUCH

Endlich konnten wir meine lang verschollene Großmutter ausfindig machen und nun will ich keinen Tag länger warten, um sie persönlich kennenzulernen. Leider erweist sich dieses Vorhaben als ziemlich schwierig.

Also beschließen Charles und ich, uns direkt vor Ort dieses Problems anzunehmen und ein skurriles und gleichzeitig idyllisch an einem See gelegenes B&B zu buchen, das uns als Hauptquartier für unsere Suche dient.

Da jedoch bei uns grundsätzlich nichts nach Plan läuft, stolpern wir über ein Hindernis nach dem anderen. Und nicht einmal eine erholsame Nachtruhe ist uns vergönnt ... immer wieder verschwinden wertvolle Gegenstände aus unserem Zimmer und keine der Türen lässt sich richtig schließen. Vielleicht hätten wir besser auf die negativen Bewertungen im Internet gehört, denn von der stets schlecht gelaunten Besitzerin und ihrer noch verrückteren Perserkatze ist keine Hilfe zu erwarten ... Im Gegenteil.

Wird es mir gelingen, meine leibliche Großmutter doch noch persönlich zu treffen, oder werden wir aufgrund des Ärgers in der Pension direkt unsere Koffer packen und unverrichteter Dinge wieder abreisen?

ANMERKUNG DER AUTORIN

Hallo. Danke, dass du dieses Buch gekauft hast. Wenn du ebenfalls ein großer Fan von spannenden, schrägen Tierkrimis bist, sollten wir unbedingt Freunde werden.

Wie wäre es, wenn du direkt einmal meine Facebook-Seite besuchst, die ich speziell für meine treuen deutschen Leser eingerichtet habe? Hier der Link dazu: **Facebook.com/Katzengeheimnisse**

Oder melde dich für meinen Newsletter an und sichere dir als Abonnent gratis ein digitales Geschenkpaket, einschließlich einer exklusiven Kurzgeschichte über Octocat: **Katzengeheimnisse.com/Abonnieren**

Ich bin sicher, wir werden eine Menge

Spaß miteinander haben. Also schnell umblättern ...

Wir sehen uns dann auf der nächsten Seite.

MOLLY

ch bin Angie Russo, und mein Leben war noch nie auch nur im Entferntesten normal. In meiner Familie wimmelt es nur so von Supertalenten, allen voran meine Grandma, einst ein gefeierter Broadway-Star und noch heute ein wahres Unikum. Lange Zeit war ich auf der Suche nach meinem besonderen Talent, das auch mich zu etwas Besonderem machen würde. Schätzungsweise habe ich nur deshalb sieben Associate Degrees, also quasi sieben halbe Bachelorabschlüsse gemacht, bevor ich mich schließlich für einen Job entscheiden konnte.

Was mich letztendlich meine wahre Berufung erkennen ließ, war ein Katzenruf – nein, nicht so ein fauchendes, jaulendes Gejammer, wie es diese armen, heimatlosen Kreaturen ausstoßen, die auf der Straße dahinvegetieren. Es war ein richtiges *Miau*, klar und deutlich, und dazu sogar noch auf Englisch.

Ja, ich kann mit Tieren sprechen. Von daher ... Nennen Sie mich doch einfach Miss Dolittle.

Es geschah zu der Zeit, als ich als Anwaltsgehilfin in einer großen Kanzlei arbeitete. Wir befanden uns gerade mitten in einer Testamentseröffnung, als alles aus dem Ruder lief. Eins führte zum anderen, und als Krönung verpasste mir eine defekte alte Kaffeemaschine einen Stromschlag. Ich verlor das Bewusstsein, und als ich wieder zu mir kam, hockte dieser Kater auf meiner Brust und quasselte auf mich ein.

Und was für hohe Ansprüche er hatte!

Jetzt, ein paar Jahre später, ist er mein Geschäftspartner und betreibt gemeinsam mit mir eine Privatdetektei. Sein voller Name lautet Octavius Maxwell Ricardo Edmund Frederick Fulton Russo, P.I., den er zum größten Teil seiner früheren Besitzerin zu verdanken hat. Da mir das viel zu lang ist, nenne ich ihn kurz und knapp Octocat.

Gemeinsam mit meiner Großmutter und ihrer zuckersüßen Chihuahua-Hündin Paisley, die sie aus der Tötung gerettet hat, leben wir in einem wunderschönen alten Herrenhaus in Maine, in der Nähe von Blueberry Bay. Und dann ist da auch noch ein Waschbär namens Pringle, der in unserem Garten zwei Baumhäuser in Beschlag genommen hat. Er hilft uns gelegentlich bei der Aufklärung unserer Fälle und erpresst uns regelmäßig mit seinen Honorarforderungen.

Wie Sie sich sicher vorstellen können, wird es mit dieser bunten Truppe nie langweilig.

Oh, beinahe hätte ich vergessen, Charles Longfellow III. zu erwähnen. Er ist der Seniorpartner jener Anwaltskanzlei, in der auch ich früher gearbeitet habe, und außerdem mein Freund ... äh, ich meine, *mein Verlobter!*

Ja, ob Sie es glauben oder nicht, ich bin mittlerweile verlobt!

Wow, an diesen neuen Beziehungsstatus habe ich mich immer noch nicht gewöhnt.

Der Antrag kam für mich völlig überraschend ... nach einem Wochenendausflug mit einem gemieteten Wohnmobil zu einem süßen kleinen Campingplatz, wo natürlich – wie könnte es auch anders sein – wieder einmal ein Mord passierte.

Nachdem er um meine Hand angehalten hatte, sollte ich eigentlich wesentlich entspannter sein. Aber ehrlich gesagt bin ich aufgeregter denn je.

Nicht nur wegen der bevorstehenden Hochzeit, sondern auch aufgrund dessen, was nach unserer Rückkehr passierte.

Vor ein paar Monaten hatte ich mich bereiterklärt, einigen Möwen bei ihrem Territorialkampf mit einem anderen Schwarm zu helfen. Im Gegenzug versprachen sie mir, meine lange verschollene Großmutter ausfindig zu machen, von der ich nur dank eines versteckten Briefes wusste, den Pringle vom Dachboden gestohlen hatte.

Grandma – meine beste Freundin und die Frau, die mich großzog, während meine Eltern damit beschäftigt waren, sich auf ihre Karrieren und sich selbst zu konzentrieren – war also, wie sich herausstellte, nicht mit mir blutsverwandt.

Den Schock dieser Enthüllung habe ich nach wie vor nicht verwunden, und auch ihr fiel es nicht leicht zu akzeptieren, dass ich mit der Großmutter, die ich nie kannte, in Kontakt zu treten beabsichtige. Natürlich habe ich mich nach Kräften bemüht, sie zu beruhigen, aber es geht ihr schon sehr an die Substanz. Sie hatte es sich ja nicht ausgesucht, dass ihr bester Freund – mein leiblicher Großvater – ihr vor vielen Jahren seine kleine Tochter (meine Mom) in die Hand drückte und sie bat, mit ihr unterzutauchen und sich um sie zu kümmern. Grandma hatte nie nach seinen Beweggründen gefragt, und inzwischen ist er leider verstorben. Damit bleibt nur noch meine lang verschollene Großmutter übrig, um uns zu erklären, was es mit der damaligen Aktion auf sich hatte.

Ich muss sie einfach aufsuchen, um mehr über die rätselhafte Vergangenheit meiner Familie in Erfahrung zu bringen. Ja, natürlich habe ich in Betracht gezogen, dass sie gefährlich sein könnte, vor allem, wenn man bedenkt, was mein alter Großvater alles auf sich nahm, um meine Mutter von ihr wegzuholen.

Dennoch bin ich mir ziemlich sicher, dass ich mit einer Achtzigjährigen fertig werde, egal wie bedrohlich sie sich mir gegenüber auch verhalten mag.

Okay, das nur als kleine Hintergrundinformation. Den Möwen ist es tatsächlich gelungen, meine geheimnisvolle Großmutter in der Nähe von Katahdin aufzuspüren. Und ich bereite mich gerade darauf vor, ihr zum ersten Mal gegenüberzutreten. Ich bin so aufgeregt, dass ich kaum ...

Schön tief durchatmen.

Zugegeben, ich habe Angst, was aber nicht bedeutet, dass ich diese Gelegenheit nicht beim Schopf packen werde. Ich meine, es ist ja nicht viel anders, als wenn man sich den Verband von einer Wunde herunterreißt, oder? Auch das muss getan werden, damit die Verletzung darunter gut verheilen kann.

. . .

Als ich an diesem Vormittag von dem mit Hartholz ausgelegten Wohnzimmer in die Küche geschlurft kam, stolperte ich beinahe über meine übergroßen Pantoffeln.

„Guten Morgen", flötete Grandma, schwebte zu mir herüber und drückte mir einen Bananen-Nuss-Muffin in die Hand. „Dann setze ich jetzt mal den Kaffee auf."

„Danke", murmelte ich und hob das süße Teilchen in Richtung meiner unteren Gesichtshälfte, in der Hoffnung, dass es meinen Mund treffen würde. Ich war noch nie ein Morgenmensch gewesen, und sogar noch weniger, seit ich Angst vor elektrischen Kaffeeautomaten habe.

Bitte verurteilen Sie mich nicht vorschnell. Wenn Sie einen derartigen Stromschlag abbekommen hätten, hätten Sie mit Sicherheit ebenfalls Respekt vor solch einem Monster.

Natürlich habe ich eine Million verschiedener Koffeinlösungen ausprobiert, vom Kaffee aus der Dose über Instantpulver bis hin zu einer simplen Kaffeemaschine, aber es geht eben nichts über ein frisch gebrühtes, dunkles, belebendes Heißgetränk. Das ist eine komplett andere Erfahrung ... der Duft, das Geräusch, wenn die Bohnen gemahlen werden ... einfach alles.

Zum Glück war Großmutter gerne bereit, meine Sucht zu unterstützen.

Und so setzte ich mich auf einen Stuhl, knabberte an meinem Muffin und sah ihr zu, wie sie die Küche aufräumte und den Kaffee aufbrühte. Sobald er durchgelaufen war, schenkte sie mir eine große Tasse ein und mischte ein wenig Kürbisgewürz dazu. Wie hatte sie sich gefreut, als sie diese Mischung sogar außerhalb der Saison entdeckt hatte, was bedeutete, dass für mich seitdem immer Saison war.

Sie hielt sich zurück, bis ich mir ein paar erste Schlucke des lebensspendenden Elixiers einverleibt hatte, und sprach mich erst dann an. Clevere Frau.

„Was hast du für heute geplant, Liebes?", erkundigte sie sich, goss sich ebenfalls einen Becher ein und ging hinüber ins Wohnzimmer.

Pflichtbewusst folgte ich ihr und schlurfte erneut dermaßen, dass die kleinen Katzenköpfe auf meinen Hausschuhen bei jedem Schritt hin und her wackelten. Grandma hatte sie mir zum Valentinstag geschenkt und angemerkt, die Gesichter sähen genauso aus wie das von Octocat. Seitdem trug ich sie fast jeden Tag, zum einen, weil es sie glücklich zu machen schien, und zum anderen, weil es meinen Kater tödlich nervte.

„Ich sollte dir Pantoffeln mit kleinen Menschenköpfen drauf kaufen. Mal schauen, wie dir das gefiele", murrte dieser, der es sich auf dem Sofa bequem gemacht hatte, und klopfte verärgert mit dem Schwanz auf das Polster.

Ich nahm in meinem Lieblingssessel Platz, während Grandma sich ebenfalls auf der Couch niederließ. Paisley hüpfte neben sie und rieb ihre winzige, nasse Hundeschnauze an Octocats Hinterteil.

„Pfui Teufel!", brüllte er, und das Fell auf seinem Rücken stellte sich auf. „Warum musst du mich immer dort beschnüffeln? Der Geruch hat sich seit gestern mit Sicherheit nicht verändert!"

„Guten Morgen, großer Bruder!", quiekte die kleine Maus. Dabei wedelte sie so heftig mit ihrem Schwänzchen, dass ihr ganzer Körper vor Anstrengung zitterte.

Der knurrte nur ungehalten und sprang vom Sofa, um sich irgendwo ein ruhigeres Plätzchen zu suchen.

Es war unsere übliche Morgenroutine.

„Liebes?", hakte Großmutter nach und schaute mich fragend an. „Deine heutigen Pläne?"

Oh! Richtig.

„Bitte entschuldige, aber die Tiere haben mich abgelenkt", murmelte ich, um mir etwas Zeit zu verschaffen. Jetzt, da ich genug Koffein im Körper hatte, um ein paar zusammenhängende Gedanken fassen zu können, wurde mir schlagartig bewusst, was ich tun musste. Und zwar genau das, was mich die ganze Nacht über wachgehalten hatte. Kein Wunder, dass ich heute Morgen so extrem müde war.

„Also, Grandma ..." Ich hielt den Blick auf die Tasse in meinen Händen gesenkt, während ich fortfuhr. „Bravo kam gestern Abend vorbei. Er konnte meine leibliche Großmutter ausfindig machen."

„Oh." Das war alles, was sie dazu sagte.

Als ich mich irgendwann entschloss, doch wieder aufzuschauen, waren ihre Augen auf einen undefinierbaren Punkt in der Ferne gerichtet, und sie streichelte gedankenverloren über Paisleys Fell.

„Grandma?", sprach ich sie erneut an. Es tat mir im Herzen weh, sie so leiden zu sehen. Andererseits sollte sie auch verstehen, dass ich darauf brannte, die Frau kennenzulernen, die meine Mutter geboren hatte. Ob sie nun Teil unseres Lebens war oder nicht, hatte sie doch ihren Beitrag zu dem geleistet, was aus Mom und mir geworden war.

Großmutter seufzte leise auf. „Ich nehme an, du wirst sie aufsuchen?"

„Ja", antwortete ich mit fester Stimme. Das stand nicht zur Debatte, ganz gleich, wie sehr ihr diese Idee auch gegen den Strich ging. Allerdings hatte ich einen Plan gefasst, um den Schlag, den ich ihr mit dieser Entscheidung versetzte, etwas abzufedern.

Ich wartete darauf, bis sie den Kopf wieder in meine Richtung drehte und bedachte sie mit einem aufmunternden Lächeln. „Und ich möchte, dass du mich begleitest.“

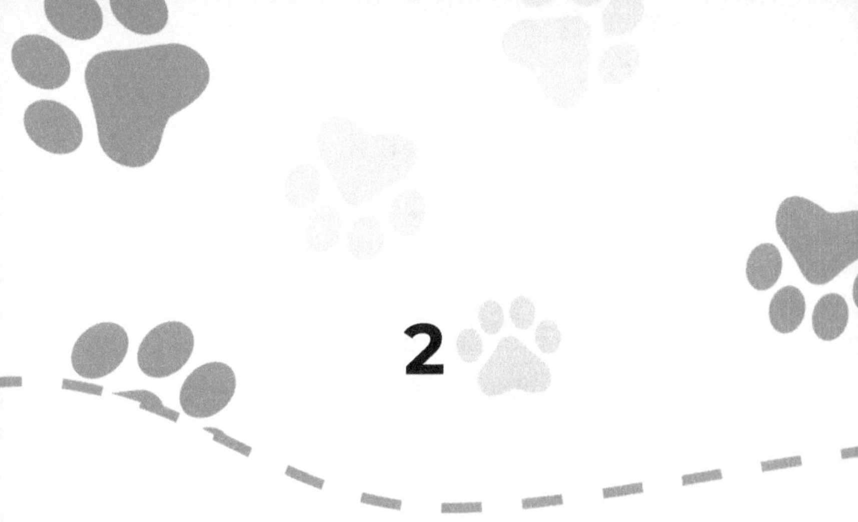

2

roßmutter ließ ihre Fingerkuppe über den Rand ihres Bechers gleiten und zuckte zusammen. „Ach, Mist! Das geht leider nicht, denn ich habe für den Tag bereits etwas geplant."

Ich räusperte mich. „Ich habe dir aber noch gar nicht gesagt, an welchem Tag ich hinzufahren gedenke."

Sie schlug sich mit der Handfläche gegen die Stirn, und ein paar Tropfen Kaffee schwappten auf ihre neonpinke Yogahose. „Wie ungeschickt von mir!", rief sie „Ich kümmere mich besser schnell um den Fleck, bevor er sich in den Stoff frisst." Mit diesen Worten eilte sie in die Küche, viel schneller, als sie sich sonst innerhalb des Hauses bewegte.

Ich folgte ihr, und als ich zu ihr aufschloss, rieb sie wie besessen auf ihrer Hose herum.

„Grandma, wir müssen darüber reden", sagte ich sanft.

„Er geht nicht raus, verdammt", murmelte sie vor sich hin. „Ich sollte das Teil besser gleich in die Waschmaschine stecken." Sie stürmte an mir vorbei in Richtung Treppe.

Seufzend stapfte ich ihr hinterher. „Komm mit mir mit", rief ich durch ihre geschlossene Schlafzimmertür. „Bitte. Ich möchte dich dabeihaben."

Eine gefühlte Ewigkeit herrschte Schweigen. Gerade, als ich mich entschloss, den Rückzug anzutreten, öffnete sich knarrend die Tür. Zuerst schoben sich Großmutters Finger zwischen diese und den Rahmen, dann schaute ein großes Auge durch die winzige Öffnung zu mir heraus. „Du scheinst es nicht zu verstehen, Liebes. Diese andere Frau, deine wahre Großmutter ... sie muss mich hassen für das, was ich getan habe."

„*Du* hast doch nichts Falsches getan", beharrte ich und versuchte erfolglos, die Tür weiter aufzudrücken. „Es war Großvater, der ihr Mom weggenommen hat und dich zwang, sie zu dir zu nehmen."

„Schon, aber es war meine ureigene Entscheidung,

euch beide zu verstecken, selbst dann noch, als sie sich Jahre später auf die Suche nach euch machte." Sie atmete zittrig aus und senkte den Blick zu Boden. „Wenn ich sie wäre, würde ich mich verachten."

„Sag doch nicht so was! Mom und ich hatten ein großartiges Leben, was wir nur dir zu verdanken haben." Ich lächelte sie ermutigend an und meinte jedes Wort genauso, wie ich es gesagt hatte. „Außerdem, heilt die Zeit nicht alle Wunden?"

Sie schüttelte bedächtig den Kopf, was ich auf der anderen Seite der Tür gerade so erkennen konnte. „Werde du erst einmal so alt wie ich, dann wirst du begreifen, dass das nicht stimmt", erwiderte sie mit unheilvoller Stimme.

„Aber, Grandma ...", jammerte ich und wusste nicht, was ich sonst noch hätte sagen können, um die Situation zu retten. Nachdem ich herausgefunden hatte, dass es noch eine weitere, leibliche Großmutter gab, hatte ich monatelang auf irgendwelche Hinweise gewartet, und noch viel länger darauf, dass die Möwen sie aufstöberten. Sie jetzt einfach *nicht* aufzusuchen, kam nicht in Frage. Allerdings tat es mir in der Seele weh, Grandma diesen Kummer bereiten zu müssen.

„Bitte frag mich nicht noch einmal", flüsterte sie.

„Du weißt doch, wie schwer es mir fällt, dir etwas abzuschlagen."

„Aber ich schaffe das nicht allein", beharrte ich auf meiner Bitte. Allerdings nicht, um sie zu entmutigen, sondern um ihr zu zeigen, wie wichtig sie mir war.

Wir seufzten beide auf.

„Dann soll Charles dich begleiten, oder deine Mutter." Mit diesen Worten knallte sie mir die Tür vor der Nase zu.

Ein Geräusch von überlangen Krallen, die über die Holzdielen schrammten, kam in meine Richtung.

„Mami", ertönte ein dünnes Stimmchen neben mir.

Ich schaute hinunter und entdeckte Paisley, die mit wedelndem Schwanz zu mir hochstarrte.

„Ich kann mit dir mitkommen", bot sie an, bevor sie ihr Schwänzchen einzog. „Aber Großmutter solltest du besser nicht noch einmal fragen. Sie scheint das nicht zu mögen."

Ich seufzte. Selbst der Hund war schlauer als ich. „Du hast völlig recht." Dann beugte ich mich nach unten, um sie auf den Arm zu nehmen. Sofort fing sie an, mir übers Gesicht zu lecken und freudige, wuffende Laute auszustoßen. „Ich hab dich lieb, Mami."

„Ich hab dich auch lieb."

Eigentlich war Paisley Großmutters Hund, was sie aber nicht davon abhielt, mich mit *Mami* zu titulieren. Und da jeder in unserer kleinen Stadt meine Großmutter mit Grandma ansprach, selbst diejenigen, die nicht mit ihr verwandt waren, funktionierte das problemlos. Außerdem war ich ja ohnehin der einzige Mensch, der sie verstehen konnte.

Ihre erste Familie hatte sie im Tierheim *entsorgt*, und ich glaube, sie brauchte diese zusätzliche Gewissheit, dass ihr stets jemand antwortete, wenn sie nach ihrer Familie rief.

Die Kleine nach wie vor im Arm haltend, machte ich mich wieder auf den Weg nach unten. Ich musste dringend mit jemandem über die ganze Sache reden.

Meine Mom kam dafür nicht in Frage. Ja, schon klar, es war *ihre* leibliche Mutter, die ich zu treffen beabsichtigte. Aber ich wollte erst sichergehen, dass unser vermisstes Familienmitglied uns gegenüber freundlich gesinnt war, bevor ich sie in die Sache hineinzog. Sollte diese Frau uns abweisen, wäre es für sie ein noch viel heftigerer Tiefschlag als für mich, auch wenn ich ebenfalls daran zu knabbern hätte. Dennoch, ich liebte meine Mom und wollte sie so gut wie möglich beschützen.

Natürlich, soweit mir bekannt war, hatte meine

verschollene Großmutter vor Jahren versucht, Kontakt mit uns aufzunehmen, aber immerhin wäre es denkbar, dass die Zeit ihr Herz verhärtet hatte.

Es gab so viele Unbekannte in dieser Gleichung, und niemanden, an den ich mich wenden konnte, um ihn oder sie um Rat zu fragen, weil niemand so etwas schon einmal durchgemacht hatte – zumindest wüsste ich nicht, wer. Und das Letzte, was ich tun würde, wäre, ein solches Familiendrama völlig Fremden in einem Internetforum oder auf einer Social-Media-Seite anzuvertrauen.

Charles wollte ich ebenfalls nicht in der Kanzlei stören, da heute, nach einem langen, freien Wochenende, wieder sein erster Arbeitstag war. Ich beschloss, ihm lediglich eine kurze Nachricht zu schicken: *Ruf mich an, wenn du irgendwann Pause machst. Es hat keine Eile.*

Zu meiner großen Überraschung klingelte mein Telefon fast sofort, nachdem ich auf Senden gedrückt hatte.

„Was gibt's?", erkundigte sich Charles, kaum dass ich abgehoben hatte.

„Oh, hey. Du hättest dich aber nicht direkt zurückmelden müssen. Immerhin hat dein Job Priorität ... Zumindest hältst du mir das immer vor."

Mein Versuch, ihn zu rügen, entlockte ihm ein

Glucksen. Eigentlich war es mir gar nicht recht, dass er direkt anrief, hatte ich doch auf ein wenig mehr Zeit gehofft, um meine Gedanken zu sortieren, bevor ich sie ihm mitteilte.

„Schon klar, aber eine kleine Pause tut mir ganz gut, bevor ich mich auf die nächsten Klientenakten stürze", entgegnete er. „Es liegt noch ein langer Tag vor mir, wahrscheinlich sogar eine lange Nacht."

„Es tut mir leid", entschuldigte ich mich, ohne genau zu wissen, wofür.

„Es gibt nichts, was dir leidtun müsste. Als ich mich dafür entschied, Anwalt zu werden, wusste ich ja, worauf ich mich einließ. Und ich liebe meinen Job. Dich natürlich auch ..." Er legte eine dramatische Pause ein, und ich sah das große alberne Grinsen auf seinem Gesicht beinahe bildlich vor mir. „*Verlobte.*"

Ein winziger Schauer jagte mir über den Rücken. „Ich liebe dich ebenfalls, *Verlobter.*"

Aus seinen Worten sprach ein Lächeln, das mit Sicherheit ähnlich breit war wie meines. „Also dann, schieß los. Was gibt's?"

„Bravo hat meine Großmutter gefunden", berichtete ich und presste die Lippen zu einem festen Strich zusammen.

Charles sog hörbar die Luft durch die Zähne ein. „Irgendwie wird es nie langweilig, oder?"

Amüsiert schüttelte ich den Kopf, obwohl er diese Geste ja nicht sehen konnte. Mit ihm über alltägliche Belange zu reden, fühlte sich stets so natürlich an. „Definitiv nicht."

„Wann werden wir uns mit ihr treffen? Ich darf dich doch begleiten, oder?"

Ich stieß einen riesigen Seufzer der Erleichterung aus. „Ja, bitte komm mit", stieß ich so hastig hervor, dass meine Worte kaum zu verstehen waren.

„Süße, selbst wenn du es versuchen würdest, könntest du mich nicht davon abhalten. Ich will für meine Verlobte da sein, wann und wie immer ich kann. Übrigens, diese Verlobte, das bist du."

Diese Aussage entlockte auch mir ein Grinsen. Oh, wie sehr wünschte ich mir, ich könnte ihm in diesem Moment mit einer riesigen Umarmung meine Dankbarkeit zeigen. „Ich liebe dich, Verlobter", sagte ich kichernd und zwirbelte eine meiner Haarsträhnen, wie ein albernes kleines Schulmädchen.

„Oh-oh", stöhnte Charles plötzlich genervt auf. „Da ist gerade eine dringende E-Mail reingekommen, um die ich mich kümmern muss. Aber ich rufe dich in meiner Mittagspause noch einmal an, denn ich kann es kaum erwarten, all die pikanten Details zu erfahren. Bis später. Ich liebe dich.“

Nun, zumindest eine wichtige Entscheidung war gefallen. Wahrscheinlich hätte ich Charles gleich als Erstes fragen sollen. Immerhin hatte ich ja zugestimmt, seine Angetraute zu werden. Dennoch fiel es mir schwer, Grandma außen vor zu lassen, die fast dreißig Jahre lang meine engste Vertraute gewesen war. Tja, anscheinend gehörte das zum Erwachsenwerden dazu. Reife. Veränderung.

Blieb nur zu hoffen, dass die Dinge sich nicht *zu sehr* veränderten.

3

en Rest der Woche verbrachte ich damit, verschiedene Outfits an- und coole neue Frisuren auszuprobieren. Ich hatte nur eine Chance, bei meiner Großmutter einen bleibenden ersten Eindruck zu hinterlassen, und die wollte ich nutzen.

Zwar mochte das albern erscheinen, aber ich hoffte, dass es nur positiv sein könnte, wenn ich mein Äußeres etwas auf Vordermann brachte. Schließlich wusste ich so gut wie nichts über diese Frau, außer, dass mein Großvater, den ich ebenfalls nie kennenlernen durfte, sie für eine schlechte Mutter hielt und die Möwen angedeutet hatten, dass auch sie über ähnlich merkwürdige Fähigkeiten wie ich verfügte. Aber wie sollte ich das herausfinden? Ich konnte ihr ja schlecht bei unserem allerersten Treffen solch eine seltsame Frage stellen. All die harte Arbeit, die ich investiert hatte, um gut auszusehen, wäre dann vergebens gewesen.

Wie sich herausstellte, hatte Charles in puncto Arbeit nicht übertrieben. Er war von früh morgens bis spät in der Nacht in der Kanzlei, um am Freitag ein paar Stunden eher loszukommen. Dann würden wir uns gemeinsam auf den Weg nach Katahdin machen, wo wir in einer hübschen kleinen Pension zu übernachten gedachten.

Grandmas neue Lebensaufgabe schien seit unserem letzten Gespräch darin zu bestehen, mir aus dem Weg zu gehen. Anstatt wie gewöhnlich gemeinsam mit mir einen Morgenkaffee zu trinken, brühte sie nun schon in aller Frühe eine Kanne auf und stellte sie auf den Tresen, damit ich mir nach dem Aufwachen meine Tasse in der Mikrowelle aufwärmen konnte. Jeden Tag brachte sie einen anderen Grund für ihre Abwesenheit vor, aber mir war klar, dass das alles nur Ausreden waren.

Von daher konnte ich es kaum erwarten, dieses Kapitel unseres Lebens mit einem großen fetten Punkt abzuschließen. Wir mussten endlich beide meine damals verschwundene Großmutter kennen-lernen und die Sache hinter uns bringen. Das Unbekannte, das diese Beziehung mit sich brachte, hatte schon viel zu lange wie ein Damoklesschwert über unseren Köpfen geschwebt.

Da ich aktuell als Privatdetektivin mal wieder überhaupt nicht gefragt war und sämtliche Kleiderkombinationen ausgereizt waren, gingen mir so allmählich die Ideen aus, wie ich die restlichen Tage bis zur Abfahrt meine Hände und meinen Geist beschäftigt halten sollte. Der Versuch, mich meiner Lieblingsbuchreihe zu widmen, schlug fehl, weil ich viel zu sehr über all die offenen Fragen nachgrübelte, als mich auf deren Inhalt konzentrieren zu können.

Also durchstöberte ich die sozialen Medien und loggte mich sogar in mein seit langem nicht mehr benutztes MySpace-Konto ein. Ja, so verzweifelt war ich auf der Suche nach Möglichkeiten, mich abzulenken.

Wie schon erwähnt, wollte ich alles so schnell wie möglich hinter mich bringen, aber mir war auch klar, dass ich nicht stark genug war, um mich allein auf dieses verrückte Abenteuer einzulassen.

Und dann kam mir eine ganz hervorragende Idee. Während ich auf meine Chance wartete, meine Großmutter persönlich zu treffen, könnte ich die Hilfe von jemand anderem in Anspruch nehmen, um über sie zu recherchieren. Diesen Gedanken hatte ich am

Mittwoch – zwei Tage, bevor Charles und ich abreisen sollten und drei Tage vor der tatsächlichen Zusammenkunft mit ihr, sollte alles glatt gehen.

Ich musste etwas tun, um die langen, quälenden Stunden zu überstehen, sonst würde ich noch den Verstand verlieren.

Und da fiel mir wieder meine Möchtegern-Helferin ein. Sie war zwar ständig unterwegs, aber eben auch die einzige Person, die ich kannte und die mit der Gegend um Katahdin vertraut war. Und so rief ich Sharon an.

In der Regel fuhr sie mit ihrem Kater Chester die Küste rauf und runter, in einem extrem luxuriösen Wohnmobil, gesponsort von einer Produktionsfirma, die in Kürze eine Reality-Show mit ihr und ihrer Samtpfote zu drehen plante. Natürlich ging es dem Produzenten ausschließlich um die Katze, aber die gab es eben nur im Paket, zusammen mit ihrem Menschen.

Kennengelernt hatte ich Sharon am letzten Wochenende auf dem Campingplatz und sie anfangs fälschlicherweise für eine Mörderin gehalten. Ja, sorry, aber so etwas passiert in meinem Beruf eben hin und wieder.

Als ich dann herausfand, dass sie nichts weiter war als eine kleine aber harmlose und großherzige

Aufschneiderin, begann ich, sie zu mögen. Außerdem war sie die Einzige auf dem gesamten Platz, die nett und freundlich zu Charles, Octocat und mir gewesen war, während alle anderen uns mit Misstrauen begegneten. Das machte sie in meinen Augen zu einem guten Menschen.

Zudem passten Wichtigtuer und Privatdetektive doch perfekt zusammen, oder? Jetzt musste ich sie nur noch für meine Sache gewinnen.

Sharon nahm nach dem vierten Klingeln ab. „Hallo? Hallo! Sind Sie noch dran?", brüllte sie ins Telefon. „O Gott, hoffentlich habe ich nicht zu lange gebraucht. Ich war gerade im Bad und ..."

„Sharon", unterbrach ich sie und musste ebenfalls schreien, um mir Gehör zu verschaffen. „Ich bin's, Angie. Wir haben uns letztes Wochenende kennengelernt, erinnerst du dich?"

„Angie Russo, Mama eines Katers namens Octocat und Freundin eines der attraktivsten Kerle, die mir je im Leben über den Weg gelaufen sind. Natürlich erinnere ich mich. Hallo, Angie. Was kann ich für dich tun?"

„Zuallererst: Charles und ich sind mittlerweile verlobt", sagte ich, während sich ein breites Grinsen auf meinem Gesicht breitmachte.

Ob dieser Neuigkeiten stieß Sharon einen

schrillen Freudenschrei aus und wollte schon ansetzen, mir von jeder Hochzeit zu erzählen, auf der sie
jemals gewesen war.

Ich musste sie erneut unterbrechen. „Ja, ja, wir
sind beide schon sehr aufgeregt, und du bekommst
auf jeden Fall eine Einladung, sobald der Termin
steht. Aber deshalb rufe ich nicht an."

Sie holte tief Luft und stieß dann ein langes,
gequältes „*Ohhh, okay?*" aus.

„Es ist aber eine lange Geschichte", warnte
ich sie.

„Schieß los!" Ich konnte beinahe bildlich vor mir
sehen, wie sie sich einen Snack schnappte und es sich
in der Sitzecke ihres Wohnmobils gemütlich machte.
„Lange Geschichten sind meine Leidenschaft."

Und so erzählte ich ihr alles, wobei ich jedoch die
Passagen ausließ, in denen es um sprechende Tiere
ging, was, das dürfen Sie mir glauben, keine Kleinig-
keit war.

„Das ist der Grund meines Anrufs", sagte ich,
beinahe am Ende meiner Erklärung angelangt, fuhr
dann jedoch schnell fort, um ihr keine Gelegenheit
zu endlosen Diskussionen zu geben. „Um zu fragen,
ob du mir helfen könntest, weitere Einzelheiten über
meine Großmutter herauszufinden, bevor ich sie an
diesem Wochenende besuchen komme."

„Wer war dieser Bravo-Typ gleich noch mal? Und warum hilft er dir nicht, weiteres über sie in Erfahrung zu bringen, wo er es doch war, der sie letztendlich aufgestöbert hat?"

„Nur ein alter Freund aus ... äh, Charles' Zeit beim Militär." Das entsprach zumindest fast der Wahrheit, nur dass er diesen Dienst bei einem militarisierten Möwenschwarm und nicht bei einer staatlichen Armeeeinheit abgeleistet hatte. „Er musste für eine Weile weg, ist vorgestern geflogen. Daher habe ich mir gedacht, eventuell könntest du ... solltest du noch in Katahdin sein ...?"

Dieses Mal war Sharon es, die mir ins Wort fiel. „Schätzchen, überlass das alles ruhig mir. Gib mir ihren Namen und sämtliche Informationen, die du über sie hast, und ich ergänze den Rest."

„Oh, du bist also noch vor Ort? Fantastisch!"

„Nein, aber ich mache auf der Stelle kehrt und fahre zurück."

Gott, diese Frau war zum Knutschen! Ernsthaft, wie konnte ich in ihr jemals etwas anderes als eine Freundin sehen? „Ihr Name ist Marilyn Jones", sagte ich und sah vor meinem geistigen Auge wieder die alte Geburtsurkunde, die Pringle auf dem Dachboden ausgegraben hatte. „Sie ist mittlerweile über achtzig und hat früher mal in Larkhaven, Georgia, gelebt. Das ist aber auch schon alles, was ich über sie weiß.“

„Bald noch eine Menge mehr“, versprach Sharon. „Gib mir einfach achtundvierzig Stunden.“

„Perfekt, denn das ist genau die Zeit, die uns noch bleibt.“

„Wir sehen uns aber ebenfalls, wenn du in Katahdin angekommen bist, oder?“

„Natürlich. Schon mal tausend Dank für deine Hilfe, Sharon.“

„Ich bitte dich, Schätzchen. Dafür sind Freunde doch da. Außerdem konnten Chessy und ich uns schon immer für rätselhafte Storys begeistern.“

An diesem Punkt wurde mir klar, dass Sharon im Grunde mein Ebenbild war, nur ohne Freund, äh Verlobten, und ein oder zwei Jahrzehnte älter.

Irgendwie gefiel mir diese Vorstellung.

4

Als endlich der lang ersehnte Freitag kam, fühlte ich mich wie ein Kind an Weihnachten, das auf das Christkind wartet. Ich konnte weder essen noch schlafen, lümmelte nur auf der Couch im Wohnzimmer herum, starrte vor mich hin und zählte die Minuten bis zu Charles' Auftauchen.

Zwar wusste ich, dass er mich zwischen zwei und drei Uhr nachmittags abholen würde, damit wir es noch vor dem Berufsverkehr aus der Stadt und nach Katahdin schafften. Trotzdem ließ ich mich nach einer sehr unruhigen und eher durchwachten Nacht direkt auf dem Sofa nieder, unfähig, etwas anderes gebacken zu bekommen.

Den Großteil des Vormittags versuchten Sharon

und ich, einander zu erreichen. Na ja, überwiegend war ich es, die bemüht war, sie an den Hörer zu kriegen. Obwohl eigentlich noch gar nicht so alt, hasste sie es, Nachrichten zu verschicken. Ihrer Meinung nach raubte das ewige Geschreibsel den Menschen die Nähe, nach der jeder sich doch insgeheim sehnte. Solch eine Aussage hätte ich von der Besitzerin eines aufstrebenden Reality-Stars eigentlich nicht erwartet.

Wie auch immer ... anscheinend hatte sie es geschafft, einiges über meine lang verschollene Großmutter, Marilyn Jones, herauszufinden, hielt sich jedoch auch beim Telefonat bedeckt. Solch wichtige Gespräche, so argumentierte sie, sollten nicht übers Handy geführt werden, sondern von Angesicht zu Angesicht. Und so sehr ich mich auch anstrengte, etwas aus ihr herauszukitzeln, blieb ich im Endeffekt erfolglos. In den paar Minuten ging es lediglich darum, wann und wo wir uns treffen würden.

Als das endlich geklärt war, blieb mir erneut nichts weiter übrig, als die Zeit totzuschlagen und mit Paisley an meiner Seite auf meinen Verlobten zu warten. Grandma war wieder einmal wie vom Erdboden verschluckt, was so allmählich zum Dauerzustand wurde. Irgendwann tauchte dann auch noch Octocat auf und beschwerte sich, dass er aufgrund meiner Rastlosigkeit nicht einmal seine nächtlichen

Ausflüge genießen konnte. Offensichtlich getraute er sich nicht, seine Kapriolen auszuleben, weil er befürchtete, ich könne ihn in meinem derzeitigen Zustand dafür rügen. Wie absurd!

„Ist es bald soweit?", krähte Paisley, hüpfte von meinem Schoß und versenkte ihre Krallen in der Rückenlehne des Sofas, um nach oben zu krabbeln und aus dem Fenster schauen zu können. Dabei wedelte sie heftig mit dem Schwänzchen.

„Immer noch nicht", entgegnete ich stöhnend. Das war gefühlt das hundertste Mal an diesem Tag, dass sie mir diese Frage stellte, und bei jedem ablehnenden Bescheid ließ sie die Ohren hängen und stieß ein trauriges Winseln aus.

„Okay", quietschte sie so auch dieses Mal, bevor sie sich auf die Couch zurückfallen ließ und sich zu einem kleinen, zitternden Ball zusammenrollte. So sehr mir diese Warterei auch gegen den Strich ging, noch mehr hasste ich es, sie so betrübt zu sehen.

„Weißt du was, ich habe eine Idee", sagte ich in dem fröhlichsten Tonfall, den ich unter den gegebenen Umständen zustande brachte.

Ihr kleines Köpfchen schnellte nach oben, die übergroßen, dreieckigen Ohren hoben sich, und sie neigte die Schnauze zur Seite.

„Lass uns was spielen ... werfen und holen",

schlug ich vor und klopfte mit den Handflächen auf meine Oberschenkel, um diesem Vorschlag Nachdruck zu verleihen.

In einem einzigen, beinahe athletisch zu nennenden Satz sprang die Maus vom Sofa herunter und schlitterte über den glatten Holzboden bis hin zu der Ecke, in der sie ihre liebsten Spielsachen versteckte. Mit einem winzigen Stofflamm, stolz zwischen den Zähnen haltend, kam sie zu mir zurückgetänzelt.

„Braves Mädchen", lobte ich sie. Octocat hasste es, wenn man mit ihm wie mit einem Baby oder einem Haustier sprach. Der kleine Chihuahua hingegen schien es zu genießen.

Sie legte ihr Spielzeug zu meinen Füßen ab und begann, aufgeregt mit den Beinen zu strampeln.

Ich griff nach dem Lämmchen, täuschte ein- oder zweimal einen Wurf an und schleuderte es dann quer durchs Zimmer.

Paisley jagte bellend hinterher.

Dann wartete ich.

Und wartete …

Als sie nach mehr als einer Minute immer noch nicht zurück war, stand ich auf, um nach ihr zu sehen, und fand …

Octocat. Er thronte auf ihrem Spielzeugberg, das

Stofftier zwischen seinen Pfoten, die Krallen ausgefahren und in das weiche Fleece gepresst.

„Was bitte soll das?", verlangte ich zu wissen, eine Hand in die Hüfte gestemmt.

„Du bist verunsichert, was wiederum sie und im Endeffekt auch mich nervös macht. Ein einziger Teufelskreis", erklärte er mir und gab sich nicht mal die Mühe, sein Gähnen zu unterdrücken. Dann gab er ein leises Knurren von sich, wie er es so oft tat, wenn er gereizt war ... bei ihm eigentlich ein Dauerzustand. „Hiermit beende ich dieses dämliche Spiel!"

„O nein. Du machst die Dinge nur noch schlimmer", konterte ich und griff nach Paisleys Lämmchen.

Mein Kater knurrte erneut und schlug meine Hand weg, wobei er sich nicht einmal die Mühe machte, seine Krallen einzufahren.

Paisley begann zu bellen und kickte erneut ihre kleinen Beinchen nach hinten. Im Gegensatz zu Octocat, der zu allem und jedem etwas anzumerken hatte, beschränkte sie sich in der Regel auf die gutturalen Laute wie Bellen, Winseln oder Wuffen.

„Autsch", schrie ich auf und zog meine Hand zurück. „Warum bist du nur immer so gemein?"

„Es ist nur zu deinem Besten", entgegnete er mit zusammengekniffenen Augen und wild zuckendem

Schwanz, der mich stets an ein Metronom erinnerte, das unerbittlich die Schläge bis zu seinem nächsten Ausraster zählte.

Ich tat es ihm gleich, kniff ebenfalls die Augen zusammen und verschränkte die Arme vor der Brust. „Nein, ist es nicht."

„Auch gut, wie immer du meinst." Dabei entschlüpfte ihm ein gewaltiger Seufzer, als ob dieses Gespräch weit unter seiner Würde läge. „Aber du musst doch zugeben, dass unsere kleinen Querelen das Leben interessanter machen, oder etwa nicht?"

Es war nicht zu fassen. Konnte er mir nicht mal einen Tag ohne seine fortwährenden Sticheleien zugestehen? Und was noch viel schlimmer war, war die Tatsache, zuzugeben, dass er mich nur um der Unterhaltung willen nervte.

„Wie auch immer … Vielen Dank, aber ich kann mich gut allein beschäftigen", stieß ich zwischen zusammengepressten Zähnen hervor.

„Natürlich! Es ist ja auch mega spannend, nur am Fenster zu sitzen und darauf zu warten, dass Prinz Charming auf seinem weißen Pferd angeritten kommt, um dich von deiner Langeweile zu erlösen, habe ich recht?" Er schüttelte nur den Kopf und nieste.

„Wusste ich es doch, ich hätte niemals den

Disney-Channel für dich abonnieren sollen!", rief ich verärgert.

Er stieß einen teuflischen Lacher aus, der eines klassischen animierten Bösewichts würdig gewesen wäre, ließ jedoch noch immer nicht locker.

„Bitte entschuldige, Kleines", sagte ich schließlich, an Paisley gewandt, drehte dem bösartigen Kerl den Rücken zu und kehrte zurück zu meinem Platz am Fenster.

Hatte mein Kater recht? *Offensichtlich ja.*

Würde ich das ihm gegenüber jemals zugeben? *Mit Sicherheit nicht!*

Er war auch so schon eingebildet genug.

„Übrigens, nur fürs Protokoll, ich komme natürlich mit", informierte mein vierbeiniger Tyrann mich, nachdem die kleine Hündin endlich aufgehört hatte, ihn anzubellen und es sich erneut auf meinem Schoß bequem machte. Er kam herangetapst, vorsichtig einen Fuß vor den anderen setzend, Schwanz und Nase hoch erhoben. In diesem Moment stellte ich ihn mir über ein Drahtseil im Dschungel balancierend vor, unter ihm eine Meute hungriger Krokodile ... aber selbst dieses Bild verbesserte meine Laune nicht wirklich.

„Wer bitte sagt das?", fragte ich und blinzelte

heftig, um die imaginären Krokodile zu vertreiben, die sich nach wie vor in meinem Kopf tummelten.

„Ich! Und wie du weißt, habe ich in dieser wie auch in allen anderen Angelegenheiten das letzte Wort." Er sprang auf den Couchtisch, setzte sich vor mich hin und patschte mit den Pfoten auf das polierte Holz.

„Warum willst du überhaupt mitkommen? Du verabscheust Autofahren doch nach wie vor, oder habe ich da etwas verpasst?"

„Tja, was soll ich sagen? Ich entwickle mich eben weiter. Einigen gelingt das, anderen nicht." Er bedachte Paisley mit einem spöttischen Seitenblick. Manchmal zweifelte ich wirklich an seiner Liebe zu ihr, aber wahrscheinlich war er einfach nicht fähig, seine Zuneigung gegenüber dem kleinen Hündchen auszudrücken.

Ich wartete darauf, dass er weitersprach und verkniff es mir, Paisley auf die Kränkung hinzuweisen. Das würde sie nur verletzen.

Als Octocat merkte, dass ich nicht gewillt war, den Köder zu schlucken, seufzte er auf. „Okay, vielleicht hängt es mit Pringle und seinen Reality-TV-Shows zusammen."

„Aha. Du willst mich also nur begleiten, weil du Sharon und Chessy wiedersehen möchtest?" Was eigentlich keinen Sinn ergab, weil er die beiden von Anfang an nicht ausstehen konnte, als wir sie letztes Wochenende kennenlernten.

Er gab ein merkwürdiges Geräusch von sich, als würde er gleich auf den Teppich kotzen.

Und dann tat er es tatsächlich.

„Igitt, wie ekelhaft!", rief ich aus. „Was bitte stimmt nicht mit dir?"

Er gluckste. „Es geht überhaupt nicht um mich, sondern um diese ganze verkorkste Familiendynamik, die du da am Laufen hast. Und ich möchte keinesfalls das große Finale verpassen."

„Was bin ich froh, dass du beabsichtigst, mir unterstützend zur Seite zu stehen", murmelte ich, erhob mich und holte eine Rolle Papiertücher, um seine Sauerei zu beseitigen.

Wenn es eine Sache gab, die mein Kater im Schlaf zu beherrschen schien, war es, dem steten Strom an Beleidigungen, der sich den Weg über seine Sandpapierzunge bahnte, immer noch eine heftige Kränkung hinzuzufügen.

Manchmal wünschte ich mir, er würde sich ein Hobby suchen, so dass er mich nicht ständig ärgern konnte.

5

„Wie hast du diese Unterkunft gleich noch mal gefunden?", fragte ich Charles, als wir uns der kleinen Pension näherten, die idyllisch am Ufer eines wunderschönen Sees lag. Wir hatten uns dafür entschieden, etwas außerhalb von Katahdin zu übernachten, weil wir beide die Nähe des Wassers liebten – er als der typische Kalifornier, ich als das Mädchen aus Maine.

„Einer meiner Kollegen hat mir von dieser Website erzählt, die nur Hotels und Vermietungen auflistet, in denen Haustiere erlaubt sind", erklärte er, als er auf dem kleinen Schotterparkplatz vor dem Haus anhielt. „Ich habe dann noch einen zusätzlichen Filter gesetzt – Unterkünfte am Wasser –, und das hier war das nächstgelegene Objekt, das noch Zimmer frei hatte. Außerdem waren die Bewertungen anständig, also dachte ich mir, warum nicht?"

„Anständig, aha." Ich zog misstrauisch eine Augenbraue hoch.

„Ja, aber du solltest da nicht zu viel hineininterpretieren. Du weißt doch, wie Online-Bewertungen sein können." Er hielt einen Moment inne und betrachtete mich prüfend. „Nicht alles ist ein Rätsel, das nur darauf wartet, gelöst zu werden."

„Das sagt genau der Richtige", schoss ich zurück, schnallte mich ab, kletterte aus dem Auto und hielt die Tür auf, damit Paisley und Octocat ebenfalls rausspringen konnten.

„Wow!", jubelte Paisley und flitzte direkt los. „Ich liebe es hier!"

„Wieso hast du die bloß wieder mitgenommen?", fragte Octocat mich mürrisch.

Allerdings hatte ich keine Gelegenheit, ihm zu antworten, denn in diesem Moment sauste die kleine Hündin an mir vorbei und verschwand aus meinem Blickfeld. Gerade als ich sie zurückrufen wollte, zerriss ein schriller Schrei die Luft. Zu dritt rannten wir los in die Richtung, aus der er gekommen war.

Octocat war der Schnellste, was bedeutete, dass er auch als Erster am *Tatort* ankam. Sehen konnte ich noch nichts, vernahm aber ein gewaltiges Fauchen, gefolgt von einem tiefen, unheilversprechenden Knurren. Als ich endlich um die Ecke bog, entdeckte ich meinen Kater, verwickelt in eine Strandschlacht mit einer riesigen orangefarbenen Perserkatze.

Paisley kauerte hinter ihm und zitterte heftig, während die beiden sich mit bösem Blick anstarrten.

„Niemand tut meiner kleinen Schwester weh", zischte Octocat die fremde Katze an.

Diese antwortete nicht, sondern fuhr lediglich die Krallen aus und schlug ihm mit der Pfote ins Gesicht.

„D … du hast mich geschlagen?", stotterte er schockiert. „Mich tatsächlich körperlich angegriffen?"

Die Perserkatze verzog das Gesicht zu einem zufriedenen Grinsen. „Eine kleine Erinnerung daran, wer hier wohnt und wer nur ein unwillkommener Eindringling ist", sagte sie herablassend, hob den Schwanz und schlenderte davon.

„Das reicht! Ich werde dem ein Ende setzen. Ich …"

Schnell schnappte ich ihn mir und hob ihn hoch, bevor der Kampf noch weiter eskalieren konnte. Das Letzte, was wir brauchten, war, aus unserer Unterkunft zu fliegen, bevor ich überhaupt die Chance hatte, meine Großmutter zu treffen.

„Sei der Vernünftigere", presste ich zwischen zusammengebissenen Zähnen hervor.

„An dieser Aussage ist so viel falsch, dass ich gar nicht weiß, wo ich anfangen soll", fauchte er zurück. „Aber gut, wenn du mir versprichst, diesen riesigen, stinkenden Mäusefurz von mir fernzuhalten."

Komisch, wie sehr er diese Katze mit ihrem langen Fell und dem flachen Gesicht zu hassen schien, wo doch seine große Liebe Grizabella, eine ehemalige Show-Himalaya-Katze, ihr ziemlich ähnlich sah, abgesehen natürlich von der Färbung.

„Es tut mir leid, Mami", wisperte Paisley und bettelte darum, ebenfalls auf den Arm genommen zu werden. „Ich war nur so glücklich, endlich aus dem Auto rauszukommen."

„Ist schon okay. Keinen von euch trifft irgendeine Schuld. Am besten beruhigt ihr euch jetzt und versucht, diese leidige Sache zu vergessen", säuselte ich.

Charles nahm Paisley und drückte sie an seine Brust. „Alles in Ordnung?", erkundigte er sich besorgt.

„Das wird schon wieder", versicherte ich, an alle gewandt. „Es war einfach eine lange, anstrengende Woche für jeden von uns."

„Wir bleiben also?"

„Wir bleiben", bestätigte ich mit einem knappen Nicken und machte mich daran, den Weg zurückzugehen, den wir gekommen waren. „Lass uns einchecken. Sharon wird bald hier sein, und ich hätte vorher gerne noch etwas Zeit, damit wir uns häuslich einrichten können."

Kurz danach betraten wir, jeder ein aufgeregtes Haustier im Arm haltend, das Haupthaus der weitläufigen Anlage. Gleich hinter der Tür trafen wir auf eine ältere Frau mit orangefarbenem Haar, das genau auf den Farbton der gemeinen Perserkatze abgestimmt schien.

„Ich habe Sie schon erwartet", sagte sie, stellte die Beine aufrecht nebeneinander und legte das Taschenbuch, in dem sie gerade gelesen hatte, mit den offenen Seiten nach unten auf die Stuhllehne. „Mr und Mrs Longfellow, nehme ich an?"

Diese Worte entlockten mir ein Lächeln, war es doch das erste Mal, dass ich sie laut ausgesprochen hörte, und der Klang gefiel mir sehr.

„Fast", entgegnete Charles mit einem ähnlich breiten Grinsen wie dem meinen. „Im Moment sind wir noch Mr Longfellow und Miss Russo."

„Ich verstehe", sagte die Frau, und verzog das Gesicht. Dann schlurfte sie hinüber zu einem Schreibtisch in der Ecke des Eingangsbereichs.

„Dann werde ich Ihre Reservierung von einem Zimmer mit Kingsize-Bett auf eines mit zwei einzelnen Betten ändern. Das geht auch noch kurzfristig.“

Charles sah aus, als wollte er etwas erwidern, aber ich stupste ihn in die Seite und schüttelte unmerklich den Kopf. Getrennte Betten würden die Schlafsituation mit den Haustieren ohnehin erleichtern, da Octocat immer einen regelrechten Anfall bekam, wenn Paisley versuchte, sich neben ihn zu legen und an ihn zu kuscheln.

„Mein Name ist übrigens Millicent Strobel“, ergänzte die Alte und händigte uns den Schlüssel aus. „Sollten Sie etwas brauchen, finden Sie mich normalerweise hier. Zimmerservice gibt es bei uns nicht, aber ich serviere Frühstück von fünf Uhr dreißig bis acht Uhr.“

Puh, das war früh, aber ich bezweifelte ohnehin, dass ich in der kommenden Nacht gut schlafen würde.

Ich vermute, dass sie all ihren Gästen dasselbe erzählte, wenn man bedachte, wie trocken und gelangweilt sie ihre Ansagen herunterratterte.

„Danke, Millie“, erwiderte ich, da sie auf eine Antwort von uns zu warten schien.

„Nein!“, korrigierte sie mich barsch, nutzte die

Gelegenheit, uns beide ausgiebig zu mustern, und schüttelte dann offensichtlich enttäuscht den Kopf. „So geht das nicht. Für Sie bin ich Milllicent, oder besser noch, Mrs. Strobel. Wenn es Ihnen nichts ausmacht."

Mit diesen Worten kehrte sie zurück zu ihrem Stuhl und widmete sich wieder ihrer Lektüre.

Auch wir machten uns schnellstmöglich aus dem Staub, zum einen, weil sie anscheinend fertig mit uns war, zum anderen, weil Octocat in meinen Armen langsam schwer wurde.

„Damit scheint das Rätsel um die Rezensionen gelöst zu sein." Charles setzte Paisley auf dem Boden ab und begann beidhändig mit dem Knauf unserer Zimmertür zu ringen. „Ich glaube, es ist ... Oh, na endlich." Die Tür sprang auf.

„Meine Güte. Fast schon dachte ich, das wäre ihr Geheimtrick, um uns wieder loszuwerden."

Octocat tapste zögerlich schnüffelnd und mit ärgerlich aufgestelltem Schwanz in dem Raum herum „Ich wünschte, sie hätte es getan", maulte er. „Hier riecht es einfach nur furchtbar."

„Sei still", ermahnte ich ihn mit einem finsteren Blick.

„Wie auch immer ... ich beabsichtige, hier zu schlafen", konterte mein verwöhntes Katerchen.

Dann sprang er auf das Bett, das am weitesten von der Tür entfernt stand, und legte sich prompt so hinein, dass er beinahe die komplette Matratze für sich beanspruchte.

Ich verdrehte die Augen, aber er war viel zu sehr damit beschäftigt, die kuschelige Weichheit zu genießen, als dass er es bemerkt hätte.

„Darf ich nach draußen gehen?", fragte Paisley und kratzte am Rahmen der Terrassentür.

„Bleib aber in der Nähe", wies ich sie an, bevor ich die Glastür aufschob, die hinaus auf das wunderschön gepflegte Grundstück führte. „Du willst doch sicher nicht noch einmal dieser bösen Katze über den Weg laufen."

„Ja, Mami! Nein, Mami, das will ich nicht!", rief sie, bevor sie erneut davonrannte.

Charles nahm mich in die Arme. „Endlich allein", murmelte er und gab mir einen langen, zärtlichen Kuss.

„Wie ätzend. Ich will einfach nur sterben!", brüllte Octocat.

Ja, das würde definitiv kein romantisches Wochenende werden, es sei denn, wir besorgten ihm sein eigenes Zimmer. Aufgrund unseres knappen Budgets leider ein Ding der Unmöglichkeit.

6

„Klopf, klopf", drang nur kurze Zeit später Sharons glockenhelle Stimme zu uns herein. Ich drehte mich um und sah sie vor der Glasschiebetür stehen, von wo aus es nur ein kurzer Spaziergang hinunter zum See und dessen Sandstränden war.

Charles zog am Griff, um die Tür zu öffnen, und ich stürmte hinaus, um sie in die Arme zu schließen. Nachdem wir uns ausgiebig begrüßt hatten, trat ich einen Schritt zurück und studierte ihre Miene nach Hinweisen darauf, was sie über meine vermisste Großmutter in Erfahrung gebracht haben könnte.

Sie jedoch hob nur einen Finger und schüttelte ihn. „Erst machen wir ein Picknick. Dann können wir über alles reden."

Ich folgte ihrem Blick zu einem Paar Adirondack-Stühle in der Nähe, zwischen denen ein kleiner Tisch aus Holzplanken stand. Darauf wartete ein wunderschöner Weidenkorb. Als Sharon sagte, sie brächte das Abendessen mit, war meine Vermutung, sie würde eine Pizza oder etwas Einfaches besorgen. Hoffentlich hatte ihr das nicht zu große Mühe bereitet, da ich ja bereits einen anderen großen Gefallen von ihr eingefordert hatte und wir uns noch nicht mal eine Woche kannten.

„Oh, mach dir keine Sorgen“, sagte sie, als hätte sie meine Gedanken gelesen. „Das sind nur meine berühmten Hummerbrötchen und eine Fischsuppe. Von jeglicher Art von Dessert halte ich mich nach dem, was unserer armen Junetta passiert ist, inzwischen fern.“

Ich nickte stoisch. Natürlich war es nicht ihre Schuld gewesen. Jemand anderes hatte das Gift in ihre Torte getan, aber offensichtlich hatte dieser Vorfall sie doch schwer mitgenommen.

„Hummerbrötchen!“, brüllte Octocat und kam durch die Tür gestürmt. „Die lasse ich mir auf keinen Fall entgehen!“

Auch Paisley tauchte plötzlich wieder auf und rannte ihm hinterher.

„Also nur eine leichte Mahlzeit“, witzelte Charles,

schloss die Zimmertür ab und nahm den Korb an sich.

„Du wieder!", zwitscherte Sharon und schlug ihm spielerisch gegen die Brust. Sie hielt mit ihrer Schwärmerei für meinen Verlobten nicht hinterm Berg. Glücklicherweise war ich nicht eifersüchtig, wusste ich doch, dass sein Herz – und seine Zukunft – ganz allein mir gehörten.

Zu dritt machten wir uns auf den Weg hinunter zu Strand, und die beiden Tiere folgten uns auf dem Fuß.

„Wo ist denn Chessy?", fragte ich und erinnerte mich daran, wie unzertrennlich sie und ihr flauschiges weiches Wollknäuel waren.

„Im Wohnmobil. Ich konnte ihn heute einfach nicht dazu bewegen, sich sein Geschirr anziehen zu lassen, und er ist nicht so gut erzogen wie Octavius. Bei der erstbesten sich bietenden Gelegenheit würde er ausbüxen. Mein kleiner Mann hat eben das Herz eines Abenteurers." Sie kicherte, und ihre wallende Strickjacke sowie der locker gewickelte Pashima-Schal wirbelten ihr um Hüften und Oberschenkel.

„Wenigstens ein Tier hier, das vernünftig ist", murmelte Octocat und spielte damit vermutlich auf die Perserkatze von vorhin an.

„Mami, dieser gemeine Felltiger wird uns doch nicht noch einmal belästigen, oder?", bellte Paisley.

Ich schüttelte lediglich unmerklich den Kopf, da es mir nicht möglich war, vor Fremden mit meinen Tieren zu reden. Zwar mochte ich Sharon wirklich, aber sie war eben eine Klatschtante, *und obendrein* die Mutter eines zukünftigen Reality-Stars. Wenn sie von meinen besonderen Fähigkeiten erfuhr, würde sie zweifellos innerhalb eines Tages auf den Titelseiten sämtlicher lokaler und landesweiter Boulevardblätter erscheinen.

Als wir den Strand erreichten, schlüpfte sie aus ihren Sandalen und seufzte glücklich auf, während ihre bemalten Zehen im weichen Sand versanken. „Noch ein bisschen früh im Jahr, aber trotzdem wundervoll."

Charles und ich taten es ihr gleich und stapften mit nackten Füßen hinter ihr her, während Paisley in den auslaufenden Wellen planschte und Octocat uns in sicherer Entfernung zum Ufer folgte, peinlichst darauf bedacht, nur nicht in die Nähe des Sees zu kommen.

„Das hier fühlt sich an wie ein riesiges Katzenklo", sinnierte er. „Eigentlich wäre es perfekt, wenn es nur nicht so viel Wasser gäbe."

An einem alten, hölzernen Steg, zu dessen beiden

Seiten Paddelboote befestigt waren, hielten wir an. Sharon trippelte bis zum Ende, setzte sich hin und ließ die Beine ins Wasser baumeln.

„Ich hoffe, es ist okay für dich, dass ich auch etwas für die Vierbeiner vorbereitet habe?" Sie öffnete den Korb und reichte mir ein in Wachspapier eingewickeltes Hummerbrötchen.

„Oh ja, lecker." Octocat erschauderte vor Vorfreude, und seine Augen wurden riesengroß. „Komm zu Papa, du köstliches kleines Ding."

Ich öffnete das lecker duftende Päckchen und legte es vor ihm auf den Steg, aber Sharon griff über mich hinweg und nahm es wieder an sich, bevor mein gefräßiger Kater auch nur daran schnuppern konnte.

„Beinahe wäre dein Sandwich weg gewesen", sagte sie atemlos. Dann holte sie aus dem Korb eine wesentlich kleinere Dose heraus. „*Das hier* ist für Octavius."

Ich öffnete den Deckel des kleinen Tupperware-Behälters und stellte ihn neben mir ab, wobei ich versuchte, meine Miene möglichst neutral zu halten.

„Wieso quält sie mich so?", knurrte er und ließ den Blick zwischen Sharon und mir hin und her wandern.

Paisley kam herangehüpft und steckte ihr

Schnäuzchen in den Brei, der eigentlich für ihren Bruder gedacht war. Er sah aus wie Katzenfutter aus der Dose, garniert mit einer speziellen Art von Crackern.

„Das ist ein Meeresfrüchte-Medley auf nach meinem ureigenen Rezept gebackenen Keksen. Chessy liebt es."

„Tja, Chessy scheint keine Wahl zu haben, ich hingegen schon." Mit diesen Worten stürzte er sich auf Sharon, die vor Schreck das soeben gerettete Hummerbrötchen fallen ließ, packte es mit seinen scharfen, gierigen Zähnen und rannte davon. In der Zeit nutzte Paisley die Gelegenheit, um das Spezial-katzensandwich zu vertilgen. Charles lachte, Sharon jedoch sah aus, als würde sie gleich in Tränen ausbrechen.

„Ist schon okay", beruhigte ich sie. „Ich esse sowieso viel lieber Hummercremesuppe und kann es kaum erwarten, deine zu probieren."

Sofort fingen ihre Augen wieder an zu strahlen, und dann erklärte sie Charles und mir in aller Ausführlichkeit die Zutaten und jeden einzelnen Herstellungsschritt, während sie für uns beide je einen Teller füllte.

Ich hörte ihr aufmerksam zu und führte den ersten Löffel zum Mund. Die Suppe war üppig und cremig und füllte meinen Magen perfekt. Ein zusätzlicher Gang war überhaupt nicht nötig.

Aber ... so dankbar ich auch für die warme Mahlzeit war, musste ich mich doch schwer zusammenreißen, um ihr nicht irgendwann ins Wort zu fallen. Immerhin gab es eigentlich nur ein Thema, das mir am Herzen lag.

Als sie schließlich innehielt, um selbst etwas zu essen, sah ich meine Chance gekommen, auf den eigentlichen Grund unseres abendlichen Treffens einzugehen.

„Also, was nun meine Großmutter anbelangt ...", begann ich, biss mir dann aber auf die Zunge und wartete.

7

Sharon räusperte sich, packte ihr eigenes, unangetastetes Hummerbrötchen wieder in die Folie und legte es zurück in den Picknickkorb. „Oh, entschuldige bitte. Möchtest du das vielleicht noch essen?", fragte sie, und eine für sie untypische Röte machte sich auf ihren Wangen breit.

„Ist es so schlimm?", presste ich erstickt heraus. Plötzlich schien das zentnerschwere Gewicht einer ungeahnten Schande auf meiner Brust zu lasten. Ich hatte sie um Hilfe gebeten, weil ich es vor Neugier nicht mehr aushielt – allerdings nicht damit gerechnet, dass sie etwas Schreckliches über mein vermisstes Familienmitglied herausfinden würde.

Charles rutschte auf dem Steg näher an mich heran, bis unsere Hüften sich berührten. Dann legte er mir einen Arm um die Schulter. „Ganz bestimmt ist es nichts Beunruhigendes", versicherte er mir.

Sie räusperte sich erneut. „Nun ja ..." Sie verschränkte die Finger in ihrem Schoß und weigerte sich, mir in die Augen zu schauen. Stattdessen starrte sie hinaus auf den See, auf dessen sanften Wellen sich das Sonnenlicht spiegelte.

„Bitte, sag es einfach", flehte ich. Mein Magen drohte, die Hummersuppe, die ich ihm gerade zugeführt hatte, wieder von sich zu geben. „Ich muss es einfach wissen", fügte ich leise hinzu. „Spann mich nicht länger auf die Folter."

Sie nickte. Eine sanfte Brise verfing sich in ihrem kurzen blonden Haar und spielte mit den Strähnen, was mich irgendwie ablenkte. „Es hat eine ganze Weile gedauert, bis ich überhaupt etwas herausfand. Sie hat nämlich ihren Namen geändert, weißt du?"

„Aha, sie hat also wieder geheiratet?", fragte Charles fröhlich und trommelte mit seinen Fingern auf meinem Oberarm herum. „Ich meine, das war ja irgendwie zu erwarten. Immerhin liegt das alles schon sechzig Jahre zurück."

„Ihren Vorname", korrigierte Sharon ihn, während ich gleichzeitig herausplatzte: „Sie und mein Großvater waren doch nie verheiratet. Er war ein McAllister. Ihr Mädchenname lautete Jones."

„Den trägt sie noch immer. Geboren wurde sie als Marilyn. Dann nannte sie sich eine Zeit lang Mary, und jetzt Lyn."

„Also hat sie sich lediglich einen anderen Spitznamen zugelegt? Aber das tun doch viele Leute, oder nicht?", argumentierte mein Verlobter, nach wie vor optimistisch. Wie bitte machte er das nur immer?

„Tatsächlich hat sie den Vornamen auch offiziell gewechselt. Es war nicht einfach, herauszufinden, dass all diese Varianten zu ein und derselben Person gehören." Sie hielt kurz inne und holte mehrmals tief Luft.

Was würde wohl als Nächstes kommen? Ich verging beinahe vor Spannung, auch wenn die Wartezeit bis zu ihrer nächsten Erklärung nur Sekunden dauerte.

„Glücklicherweise – oder vielleicht auch unglücklicherweise", fuhr Sharon seufzend fort und verzog das Gesicht zu einer Grimasse, „stand über deine Großmutter häufig etwas in der Zeitung."

Charles an meiner Seite schien sich zu verkrampfen, und sein Griff um meine Schulter wurde fester. „Wie das?"

„Sie hat ein turbulentes Leben geführt und war immer mal wieder im Gefängnis. Etliche Male sogar in der Psychiatrie. Der Charakter der Dame scheint zu wünschen übrig zu lassen."

Ich stolperte auf die Füße. Womöglich war Sharon doch nicht die Freundin, für die ich sie hielt. Aber das war natürlich einzig und allein meine Schuld, weil ich einer fast Fremden so etwas Wichtiges anvertraut hatte.

„Was? Aber warum? Wie kommst du denn darauf?", verlangte ich zu wissen und verteidigte sozusagen eine Frau, die ich noch nie im Leben gesehen hatte. Aber diese Behauptung konnte ich einfach nicht auf mir sitzen lassen. Immerhin waren wir vom selben Blut.

„Keine Ahnung. Die Akten sind natürlich unter Verschluss, aber immerhin konnte ich in Erfahrung bringen, dass sie mit schöner Regelmäßigkeit verhaftet wurde, bis man sie irgendwann sogar in die geschlossene Anstalt einwies."

„Nicht schuldig im Sinne von unzurechnungsfähig", murmelte Charles.

„So nennt man das schon lange nicht mehr", fuhr ich ihn gehässig an.

„Sorry, ich bin wohl etwas altmodisch, und mir ist schon klar, dass das nicht immer gut ist. Hoffentlich fühlst du dich jetzt deswegen nicht schlecht, mein Häschen", sagte Sharon, bemüht, meine Reaktion auf ihre harschen Worte zu entschärfen. Dann jedoch fuhr sie fort: „Keine Sorge. Sollte deine Großmutter tatsächlich verrückt sein ... du bist es jedenfalls nicht."

Ich drehte mich mit großen Augen zu Charles um. „Glaubst du, sie ist gemeingefährlich? Hat mein Großvater deshalb sein eigenes Kind entführen lassen? Um meine Mutter in Sicherheit zu wissen?"

Er schüttelte langsam den Kopf, schaute jedoch nicht auf, um meinen Blick zu erwidern. „Ich wünschte, ich hätte Antworten für dich, aber es gibt nur eine Person, die uns dazu etwas sagen kann."

„Immerhin konnte ich ihre Nummer ausfindig machen", sagte Sharon und zog eine Visitenkarte hervor, die sie in ihrer Jeanstasche verstaut hatte. Auf der einen Seite standen ihre Kontaktinformationen, auf der anderen eine mit einem schlecht schreibenden Kugelschreiber hingekritzelte Telefonnummer. Sie reichte mir die Karte, und ich las die Zahlenfolge immer und immer wieder. Die Vorwahl sagte mir nichts, was darauf hindeutete, dass sie wahrscheinlich des Öfteren umgezogen war – zumindest in letzter Zeit, kurz vor ihrer Ankunft in Maine.

Das würde auch mit dem übereinstimmen, was ich von den Möwen wusste ... Sie hatten sie kurzzeitig in Blueberry Bay gesichtet, bevor sich ihre Spur mit der Übersiedlung nach Katahdin erneut verlor.

Wo jedoch hatte sie vorher gelebt, sich an wie vielen verschiedenen Orten im Laufe der Jahre aufgehalten? Bisher wusste ich nur von Larkhaven, Georgia, wo meine Mutter geboren wurde, und von New York, wo Grandma sich einmal mit ihr traf, als Mom noch ein Teenager war. Wo sonst noch?

„Das ist eine kalifornische Vorwahl", informierte Charles uns. „Ein paar Bezirke weiter als der Ort, an dem ich aufgewachsen bin."

„Ich frage mich, wann sie dort war", sagte ich und drehte die Karte stirnrunzelnd in meinen Händen. Es gab so viel, was ich nicht über diese Person wusste ... Diese Fremde, mit der mich nur eine gemeinsame DNA verband. War ich verrückt, weil ich diese Spur zurückverfolgte?

„Wirst du sie anrufen?", fragte Sharon und deutete mit dem Kinn auf meine Hände.

Ich atmete tief durch und nickte. Vielleicht war ich tatsächlich ein wenig unvernünftig, aber diese Eigenschaft hatte ich noch nie als schlecht empfunden. „Ja. Ich bin schon so weit gekommen. Was ergäbe das für einen Sinn, jetzt aufzugeben?"

Bei den ersten beiden Versuchen verwählte ich mich, dann jedoch tippte ich die korrekte Nummer ein. Das Telefon klingelte zweimal, dreimal … sieben, sogar achtmal. Niemand ging ran, nicht einmal ein Anrufbeantworter.

„Und was jetzt?", fragte ich Charles, während mir die Tränen in die Augen zu steigen drohten. Immer und immer wieder steigerte ich mich in diese Sache hinein, nur um am Ende erneut enttäuscht zu werden. All das Adrenalin, das durch meine Adern strömte, ließ sich nicht mehr abbauen. Nach jeder Beinahe-Begegnung mit meiner Groß-mutter flatterte mein Herz noch Stunden später wie verrückt. Ich musste sie treffen – und zwar bald –, sonst würde das ernsthafte Folgen für meine Gesundheit haben.

„Mach dir keine Sorgen. Wir werden sie finden", versprach er.

„Es tut mir leid, dass ich nicht mehr tun konnte", ergänzte Sharon sanft und öffnete die Arme, um mich erneut an sich zu ziehen. „Wie gerne hätte ich dir gute Nachrichten überbracht."

„Ist schon okay", schniefte ich und erwiderte ihre Umarmung.

Ich konnte unmöglich böse auf sie sein, nicht wegen dieser Sache. Eigentlich wegen überhaupt nichts. Es fiel mir einfach schwer, meine Gefühle unter Kontrolle zu halten, wenn man bedachte, wie

viele Hochs und Tiefs ich in letzter Zeit durchmachen musste. Ich brauchte …

Tja, was eigentlich? Das musste ich notgedrungen
selbst herausfinden.

„Ich weiß deine Hilfe wirklich zu schätzen", sagte
ich, erneut an sie gewandt, drehte mich dann jedoch
zu Charles um. „Aber wenn ihr mich jetzt entschuldigen würdet? Ich möchte gerne ein wenig mit
meinen Gedanken allein sein."

8

Charles und ich geleiteten Sharon zurück zu ihrem Fahrzeug, bevor wir in den Empfangsbereich unserer kleinen Pension zurückkehrten.

Millicent saß immer noch auf demselben Stuhl, die Augen auf die Seiten ihres Buches geheftet. Ich glaube, sie bemerkte uns nicht einmal, wofür ich äußerst dankbar war.

„Ich weiß, dass ich das nicht sagen sollte, aber ich kann es kaum erwarten, all das hinter mich zu bringen", flüsterte ich Charles zu, während er wieder einmal am Schloss unserer Zimmertür herumfummelte.

„Du kannst sagen und fühlen, was du willst, Angie. Ich kann es gut nachvollziehen", versicherte er mir mit einem traurigen Lächeln und kämpfte weiter mit dem Türknauf.

Octocat stöhnte auf. „Ich könnte das Ding zehnmal so schnell öffnen, und ich habe nicht solch bewegliche Daumen wie er." Paisley und er waren auf dem Weg zum Parkplatz wieder zu uns gestoßen, und keiner der beiden schien zu Schaden gekommen zu sein, was wahrscheinlich bedeutete, dass die fiese alte Perserkatze im Moment jemand anderen im Visier hatte.

„Sei doch nicht schon wieder so ekelhaft", kläffte der kleine Hund. „Er tut doch schon sein Bestes. Nicht wahr, Mami?"

„Nun, offensichtlich ist Kotzbrockens Bestes nicht gut genug", erwiderte mein Kater schnippisch.

Ich presste die Finger gegen meine Schläfen. „Meine Güte! Hatten wir uns nicht darauf geeinigt, diesen schrecklichen Spitznamen nicht mehr in den Mund zu nehmen?"

„Wie bitte?", erkundigte sich Charles mit gerunzelter Stirn.

„Nichts. Lass mich dir helfen", sagte ich und ging nicht weiter auf seine Frage ein.

Ich nahm meinem Verlobten den Schlüssel aus der Hand, und nach ein paar weiteren Versuchen gelang es mir endlich, den Schlüssel im Schloss zu drehen. In diesem Moment kam ein anderes Pärchen – alt und verheiratet, soweit ich das beurteilen konnte – den Flur hinunter und betrat ihr Quartier ohne Probleme.

„Ich wette, das war das Zimmer, das wir ursprünglich gebucht hatten", flüsterte ich ihm zu. Beide verdrehten wir die Augen.

Die Tür selbst ließ sich dann problemlos öffnen, was mich beinahe überraschte.

„Lange genug hat es ja gedauert", merkte Octocat an und stieß einen dramatischen Seufzer aus, als er den Raum betrat. „Im Ernst, ihr Menschen, wozu taugt ihr überhaupt?"

Ich trat direkt hinter ihm ein und bemerkte überrascht einen kühlen Luftzug.

„Charles, ich dachte, du hättest die Terrassentür von außen geschlossen?", fragte ich und ließ mich auf das Bett neben der Tür sinken, da mein Kater mir ja deutlich zu verstehen gegeben hatte, dass er das andere allein für sich beanspruchte.

„Das dachte ich eigentlich auch", sagte er und durchquerte das Zimmer, um die Schiebetür erneut zu verriegeln.

Ich vernahm ein leises Knacken, als er sich abmühte, ihn hin und her zu schieben. Irgendwann drehte er sich zu mir um.

„Das ist merkwürdig", murmelte er.

„Was denn?", fragte ich, setzte mich auf und begann, Paisley zu kraulen, die zwischenzeitlich auf meinen Schoß geklettert war.

„Das Verschlusssystem scheint defekt zu sein."

„Dann ist die Tür also ganz von allein wieder aufgegangen?"

Er nickte, bevor er sich zu mir gesellte. „Sieht fast so aus. Das nächste Mal, wenn wir das Zimmer verlassen, sollten wir etwas davor klemmen."

„Schon seltsam, oder? Das eine Schloss funktioniert zu gut, und das andere überhaupt nicht."

Er zog mich zu sich heran. „Als seltsam würde ich es nicht bezeichnen. Es ist einfach ein dummer Zufall. Aber was anderes ... du sagtest vorhin, du bräuchtest etwas Zeit für dich, um deinen Gedanken nachzuhängen. Meintest du damit allein zusammen mit mir oder *ganz allein*?"

„Wäre es für dich in Ordnung, wenn ich auf *ganz allein* bestünde?", fragte ich und verzog das Gesicht zu einer entschuldigenden Grimasse. Was bitte war denn nur mit mir los? Da hatte ich mich die ganze Woche über nach seiner Gesellschaft gesehnt, und jetzt, wo wir endlich zusammen waren, bat ich mir einen Freiraum aus. Natürlich hatte das nichts mit seiner Person zu tun, aber Sharons Eröffnungen hatten mir einfach den Boden unter den Füßen weggezogen. Kein Wunder, dass sie es mir nicht am Telefon erzählen wollte.

Mein Verlobter drückte mir einen kräftigen Kuss auf den Haaransatz. „Ich sag dir was. Du ruhst dich aus und ich fahre mal ein wenig durch die Gegend und schaue, ob ich mit Bravos Wegbeschreibung etwas anfangen kann. Kannst du mir die bitte nochmals aufs Handy schicken?"

Ich seufzte erleichtert auf. „Das wäre wunderbar. Danke für dein Verständnis." Eilig griff ich nach meinem Telefon, das ich auf dem Nachttisch abgelegt hatte, und öffnete die App mit den persönlichen Notizen. Dort hatte ich die Anweisungen der Möwe abgespeichert und kopierte sie nun in eine Nachricht an Charles.

Ursprünglich hatte Bravo ja gesagt, dass er mich mit meiner Großmutter zusammenbringen würde, und ich war natürlich davon ausgegangen, dass er uns auf dieser Reise begleiten würde.

Fehlanzeige!

Damit waren nur seine wörtlichen Anweisungen gemeint. Eine Sache, die ich in all meinen Gesprächen mit Tieren gelernt hatte, war, dass jede einzelne Spezies eine andere Sichtweise auf die Dinge hatte. Mit Vögeln hatte ich nach wie vor am wenigsten

Erfahrung, da sie von Natur aus sehr launisch und unberechenbar waren, hoffte aber, dass es mir mit Hilfe von Charles und meinen beiden Haustieren gelingen würde, den Aufenthaltsort meiner Großmutter zu entschlüsseln.

Also drückte ich den Knopf, um meine Nachricht abzuschicken, und nur Sekunden später piepte Charles' Telefon.

Er räusperte sich und las laut vor. „*Folgt dem Wasser bis dorthin, wo die Luft sich abzukühlen beginnt. Haltet bei dem grünen Abfallcontainer mit den fantastischen Pommes an.* Fantastische Pommes? Was bitte verstehen Möwen denn darunter? Okay, weiter gehts ... *Dann folgt einige Kilometer dem Fischgeruch, bis ihr ein hellbraunes Gebäude mit herunterhängenden Mülltonnendeckeln erreicht. Die Hunde südlich davon sind alle angebunden, also bedient euch und esst so viel, wie ihr wollt. Von hier aus sind es nur noch wenige Schritte durch das Menschenlager. Lauft im Zickzack, um dem Flutlicht und der schlechten Luft auszuweichen. Überquert den toten Fluss. Das Ziel liegt zwischen den stabförmigen Häusern, die von rosa Wächtern beschützt werden ...* Ist das dein Ernst?", fragte er und schnaubte auf. „Nichts von alledem ergibt irgendeinen Sinn."

„Er hat so hart an dieser Anleitung gearbeitet.

Hätte ich sie hinterfragt, wäre er bestimmt beleidigt gewesen", verteidigte ich mich mit einem gezwungenen Lächeln. „Und Vögel sehen die Dinge aus ihrer Perspektive natürlich anders als wir Menschen, deshalb schildern sie sie auch anders."

„Diese Pommes würden mich interessieren", mischte Paisley sich ein, was mich zum Kichern brachte.

Charles hingegen machte nach wie vor einen ziemlich mitgenommenen Eindruck. „Ist sie überhaupt in Katahdin? Wissen wir das mit Sicherheit?"

„Bravo hat es bestätigt, aber da sich der Ort nicht einmal in der Nähe seines Territoriums befindet, wage ich zu bezweifeln, dass er es so genau abschätzen konnte."

„Was also für mich bedeutet, dass ich mich auf die Jagd nach der großen Unbekannten begeben muss. Egal, das schaffe ich schon. Ich muss mich einfach nur in den Zeugen beziehungsweise in dessen Vogelhirn hineinversetzen. Mach dir keine Sorgen, Babe, ich habe alles im Griff. Genieße deine Auszeit und ruf an, solltest du mich brauchen, und ich komme sofort zurück."

„Vielen Dank. Ich liebe dich", rief ich ihm noch hinterher. Das hatte ich jetzt wirklich gebraucht.

Und natürlich war ich auch nicht allein, dank meiner beiden tierischen Begleiter.

Octocat war bereits auf dem Kissen am Kopfende seines Bettes eingeschlafen, während Paisley mich schwanzwedelnd beobachtete und mir die Finger leckte. „Und was nun, Mami?", fragte sie.

Ich musste mir schnell eine gute Ausrede einfallen lassen, um allein zu sein, ohne ihre Gefühle zu verletzen. Als ich mich im Zimmer umschaute, blieb mein Blick an der Badezimmertür hängen. „Ähm, am liebsten würde ich mir jetzt ein schönes, entspannendes Schaumbad gönnen."

„Okay, Mami. Und was soll ich in der Zwischenzeit tun?" Neugierig legte sie den Kopf schief.

„Warum kuschelst du dich nicht an deinen Bruder und machst ein kleines Nickerchen?", schlug ich vor, stand auf, hob sie hoch und setzte sie behutsam auf dem anderen Bett neben meinem mürrischen Kater ab. Sobald er aufwachte, würde er ausflippen, das war mir jetzt schon klar. Glücklicherweise wäre ich dann bereits nebenan und die Tür verschlossen ... vorausgesetzt, dieses Schloss funktionierte. Sicherheitshalber nahm ich noch mein Handy und meinen Bademantel an mich. Auf diese Weise wäre ich vorbereitet, sollte ich feststecken und Hilfe benötigen.

Als ich einen letzten Blick auf die andere Schlafstatt warf, entdeckte ich, dass die liebe, süße Paisley sich bereits zusammengerollt und an Octocat geschmiegt hatte. Da er doppelt so groß war wie sie, gaben die beiden ein lustiges Pärchen ab. Schnell knipste ich noch ein Foto von ihnen, bevor ich sie sich selbst überließ und mich nun endgültig ins Bad begab.

Was für ein Abenteuer, das sich da anbahnte. Und egal, wie die Sache mit meiner verschollenen Großmutter auch ausgehen mochte, wobei ich nach wie vor auf ein glückliches Ende hoffte ... diesen Trip würde ich so schnell nicht vergessen.

9

er Abend ging in die Nacht über.

Obwohl ich Sharon vertraute und an die Informationen glaubte, die sie für mich herausgefunden hatte, musste an der Geschichte mehr dran sein. Tief in meinem Innersten wusste ich, dass meine Großmutter nicht böse sein konnte. Zumindest redete ich mir das immer wieder ein, während ich in der bis zum Rand mit Schaum gefüllten Wanne saß und versuchte, mich zu entspannen.

Was aber leider nicht funktionierte! Schließlich gab ich entnervt auf und schlich auf Zehenspitzen zurück ins Zimmer, um mich ebenfalls ins Bett zu begeben. Meine beiden Fellnasen lagen noch immer eng beieinander und schnarchten leise vor sich hin.

Somit standen die Chancen gut, ebenfalls etwas Schlaf abzubekommen, den ich nach der schrecklichen letzten Nacht auch bitter nötig hatte.

Ich streifte meinen diamantenen Verlobungsring ab und legte ihn auf den Nachttisch neben mein Telefon, dann zog ich die Bettdecke bis zum Kinn und schloss die Augen. Es dauerte nicht lange, und ich war eingenickt.

Allerdings fuhr ich ruckartig hoch, als Charles durch die Glasschiebetür hereinschlich. Der Raum lag jetzt in völliger Dunkelheit, abgesehen von dem schwachen Licht seines Handy-Displays.

„Tut mir leid, ich wollte dich nicht wecken", flüsterte er, während er ans Bett herantrat und nach dem Schalter der Lampe tastete. „Wir haben vergessen, die Tür zu verrammeln, wie wir es eigentlich vorhatten, und vorne gab es wieder Probleme mit dem Schloss und dem Schlüssel. Schlaf schön weiter."

„Ist schon okay. Jetzt bin ich ohnehin wach", murmelte ich und half ihm, das Licht einzuschalten. Unsere Hände kollidierten, und etwas flog auf den Hartholzboden.

„Upps", entfuhr es mir.

Charles ließ sich auf die Knie sinken, sodass ich nicht aus meinem warmen Bett krabbeln musste.

Gerade als mein Blick auf das leere Nachtkästchen fiel, tauchte er, mein Telefon in Händen haltend, wieder auf.

„Könntest du bitte auch noch meinen Ring aufheben?", bat ich ihn und nahm ihm schon mal das Handy ab.

Er ließ sich erneut auf alle viere hinab und schaute unter die Betten. „Der ist nicht hier, Angie."

„Aber er muss dort unten sein! Ich habe ihn abgenommen, kurz bevor ich schlafen ging, und direkt daneben abgelegt", argumentierte ich und verließ nun doch mein gemütliches Bett, um ihm beim Suchen zu helfen.

Gute fünf Minuten lang schauten wir in sämtliche Ecken und Winkel, fanden jedoch nichts. Schließlich beschloss ich, meinen Kater um Hilfe zu bitten – eine Entscheidung, die mir keinesfalls leicht fiel, aber immerhin handelte es sich um meinen Verlobungsring.

„Hey, Octocat, wach auf. Hast du meinen Ring gesehen?" Sanft rüttelte ich ihn, natürlich erst, nachdem ich Paisley hochgenommen und sämtliche Spuren ihres gemeinsamen Nickerchens beseitigt hatte. Wenn er erführe, was ich zugelassen hatte, würde er nie mehr auch nur ein einziges Wort mit mir sprechen. Er hatte zwar eine große Schwäche für den winzigen Hund aus dem Tierschutz, jedoch auch wieder nicht so groß, um seinen Egoismus zu überwinden, der ihm als Katze der oberen Mittelklasse angeboren zu sein schien.

„Ja, habe ich", antwortete er mit einem Gähnen. „Nichts Besonderes, wenn du mich fragst, aber das ist Kotzbrocken ja ebenfalls nicht."

Erbost zog ich das Kissen unter seinem Bauch hervor, und er rollte auf die Matratze.

„Gib das sofort zurück", fauchte er.

„Erst, wenn du zurücknimmst, was du da eben gesagt hast", forderte ich.

„Nein!"

„Wo ist mein Ring?"

„Das weiß ich doch nicht!"

„O doch, das tust du. Ganz offensichtlich hast du es auf Charles abgesehen, also ist es nur logisch, dass du versuchst, unsere Hochzeit zu sabotieren, indem du …"

„Jetzt reicht's aber!", zischte er und sprang auf die Füße. „Ruf mich, wenn du wieder zur Vernunft gekommen bist. Komm mit, Kleine."

Paisley starrte mich aus großen, schimmernden Augen an.

„Geh ruhig mit ihm mit", sagte ich. „Und pass auf, dass er sich nicht wieder Ärger einhandelt."

Flugs machte sie auf dem Absatz kehrt und

huschte ihm hinterher, während Charles das Zimmer durchquerte und die Schiebetür öffnete, damit die beiden nach draußen verschwinden konnten.

„Er ist wirklich nicht hier, oder?" Hasserfüllt starrte ich auf meinen nackten Ringfinger. Wie hatte ich nur so lange damit beziehungsweise ohne diese Bestätigung leben können? Verdammt, ich hätte das Schmuckstück nie abnehmen dürfen.

„Lass uns den Verlust an der Rezeption melden", schlug Charles vor und begab sich zu der Holztür auf der anderen Seite unseres Zimmers. Zumindest von innen ließ sie sich leicht öffnen. „Als ich eben zurückkam, sah ich, dass Millicent noch wach ist."

Tatsächlich saß sie nach wie vor oder schon wieder mit dem Buch in der Hand auf ihrem Stuhl. An diesen Punkt begann ich mich zu fragen, ob die alte Dame nicht eher ein Kunstexposee als eine Geschäftsfrau war.

„Entschuldigen Sie bitte?", sagte ich und blieb unmittelbar vor ihr stehen.

Sie jedoch hob nur einen Finger und las gefühlt noch eine Minute weiter, bevor sie endlich die Augen hob und mich mit ausdruckloser Miene anstarrte. „Ja?"

„Hat möglicherweise jemand in Ihrem Fundbüro einen Ring abgegeben?"

„So etwas wie ein Fundbüro haben wir hier nicht", antwortete sie knapp, ohne weitere Fragen zu stellen oder etwas zu ihrer Rechtfertigung vorzubringen.

Die flauschige, orangefarbene Katze hüpfte auf eine nahe gelegene Fensterbank und starrte zu Charles und mir herüber. Vielleicht hatte mich die Aktion mit Octocat wütend auf ihn gemacht oder vielleicht war ich nach wie vor sauer, weil er die kleine Paisley schikaniert hatte. Jedenfalls konnte ich mich des Gefühls nicht erwehren, dass mit dem Kerl irgendetwas nicht stimmte.

„Aha. Wie auch immer, uns ist ein Gegenstand abhandengekommen, und zwar ein ziemlich teurer."

„Sollte er den Weg zu mir finden, werde ich es Sie wissen lassen", sagte Millicent und strich sich eine grelle Locke hinters Ohr. Dabei enthüllte sie einen Ohrring, der mir zuvor noch gar nicht an ihr aufgefallen war – eine große, baumelnde, mit kleinen Edelsteinen besetzte Quaste.

Die Augen der Perserkatze fixierten das knallige Teil, und sie machte einen Buckel, als wolle sie jeden Moment zum Sprung ansetzen.

„Nicht jetzt, Louis!", befahl sein Frauchen ihm. Aha, es war also ein Kater. Knurrend erhob er sich von seinem Plätzchen und rannte quer durch den

Eingangsbereich, um sich irgendwo zu verstecken. Anscheinend verlief sein Leben recht eintönig, wenn ihn schon ein klimpernder Ohrring in Aufregung versetzte.

„Tja, dann schon einmal vielen Dank im Voraus für Ihre Hilfe", sagte ich und fragte mich, ob die Alte sich später überhaupt noch an unser Gespräch erinnern würde.

„Äh, da wir schon mal hier sind ...", schaltete sich Charles ein und wedelte ihr mit der Hand vor dem Gesicht herum.

Millicent stöhnte auf und riss sich ein zweites Mal von ihrer Lektüre los. „Was ist denn jetzt noch?"

„In unserem Zimmer scheint es ein Problem mit der Tür zu geben."

Sie wackelte mit dem Kopf und schob den Unterkiefer vor. „Aha. Und mit welcher?"

„Eigentlich mit beiden", erklärte er schmunzelnd. „Die eine lässt sich nicht öffnen, und die andere schließt nicht richtig."

„Ach ja, richtig. Ich habe Sie ja in der Shoreline-Suite untergebracht. Der Schlosser sollte Anfang nächster Woche hier sein, um beide zu reparieren. Eigentlich wollte ich das Zimmer an niemanden vergeben, bis das erledigt ist. Aber dann sind Sie beide mit Ihrem kleinen Problem aufgetaucht und mir blieb nichts anderes übrig, als Ihnen dieses Zimmer zuzuweisen."

Charles legte die Stirn in Falten. Ganz offensichtlich stand er knapp davor, in den Anwaltsmodus zu wechseln. Ich musste schnell etwas unternehmen. „Aber ..."

„Jawohl! Danke nochmals", sagte ich, fasste ihn an der Hand und zog ihn mit mir nach draußen.

„Ich glaube, sie kann uns nicht sonderlich gut leiden", sagte er, als wir außer Hörweite waren.

„Wer könnte das schon", erklang eine gehässige Stimme neben uns.

Ich blickte mich um und entdeckte den großen, orangefarbenen Kater von vorhin, der sich vorbeischlich. Louis hieß der haarige Mistkerl, wie wir inzwischen herausgefunden hatten.

Ich verkniff mir eine heftige Erwiderung, so wie ich es auch immer tat, wenn Octocat mir gegenüber den Macho raushängen ließ, und richtete meine Aufmerksamkeit wieder auf meinen Verlobten.

„Lust auf einen Spaziergang am Strand bei Mondschein?", fragte der in diesem Moment.

„Ich dachte schon, du würdest nie fragen", neckte ich ihn, und gemeinsam schlenderten wir los in Richtung See.

„Das hier wäre wahrscheinlich eine passendere

Umgebung für meinen Antrag gewesen als das Wohnmobil, oder?"

„Ich fand deinen Antrag klasse", erwiderte ich und stellte mich auf die Zehenspitzen, um ihm einen Kuss zu geben.

„Wenn du dich schon dafür begeistern konntest, wird dir auch das Folgende gefallen. Ich bin mir ziemlich sicher, dass ich deine Großmutter gefunden habe."

Ich schnappte nach Luft. „Nein? Wirklich? Und wo?" Nicht, dass mich die Nachricht überrascht hätte, kannte ich doch meinen Charles. Aber sie machte mich einfach nur glücklich.

„O nein, so nicht", neckte er mich. „Wir springen nicht einfach zum Ende der Story, nachdem du mich auf diese verrückte Möwenjagd geschickt hast. Du wirst dir schön brav die ganze Geschichte anhören."

Und dann erzählte er mir von seinen Heldentaten, wie er die komplette Gegend um Katahdin abgefahren war und versucht hatte, Bravos Anweisungen zu entschlüsseln. „Ich weiß gar nicht mehr, wie viele verschiedene Pommes ich probiert habe, um die guten herauszufinden ... Jedenfalls nach Meinung eines Vogels."

„Igitt! Sag bloß, du hast dir welche aus dem Müllcontainer geholt?"

Er starrte mich an und wirkte beinahe verletzt. „Nein, natürlich aus dem Drive-Thru, aber danke, dass du mir so etwas zutraust."

Ob dieser Vorstellung kicherten wir beide noch eine ganze Weile, während wir langsam den Strand entlangspazierten, Hand in Hand, über uns ein blinkender Sternenhimmel.

Alles würde gut werden, das hatte ich schon die ganze Zeit über gewusst. Nur war es mir schwergefallen, daran zu glauben, bei allem, was sich in letzter Zeit ereignet hatte. Meine Nerven lagen blank.

Aber mit Charles an meiner Seite sollte ich alles meistern. Wir würden nicht nur meine Großmutter, sondern auch meinen Ring wiederfinden.

Alles, was wir tun mussten, war, es langsam anzugehen, eine Sache nach der anderen in Angriff zu nehmen.

Ja, alles würde gut werden.

10

Wieder einmal war die Nacht alles andere als erquicklich gewesen. Hierher zu kommen, hatte meine Sorgen nur noch verstärkt. Natürlich hatte ich nicht erwartet, dass diese sich sofort in Luft auflösen würden, nur weil ich wusste, dass ich mich in der Nähe meiner leiblichen Großmutter befand. Aber jedes Mal, wenn ich allein war und mich in meinen Gedanken verlor, packte mich die Panik.

Durch den Spaziergang mit Charles am Strand war ich zwar wieder etwas runtergekommen, aber sobald ich in den Schlaf abzudriften drohte, brach der Wirbelsturm der Angst erneut los.

Sharons Nachricht hatte mich innerlich aufge-wühlt, und jede weitere, selbst noch so kleine Widrigkeit trieb mich unaufhaltsam in Richtung Zusammenbruch.

Sich zankende Tiere.

Eine unhöfliche Vermieterin.

Mein verlorengegangener Ring.

Die Tür, die sich nicht verriegeln ließ.

Speziell der letzte Punkt nervte mich gewaltig. Im Allgemeinen war Maine sicher, aber allein die Vorstellung, das jeder in unser Zimmer einsteigen konnte, während wir schliefen …

Da ich ohnehin keine Ruhe fand, beschloss ich, ins Internet zu gehen und die Pension zu checken. Als Erstes überprüfte ich die Website, über die Charles unseren Aufenthalt gebucht und auf der unsere Gastgeberin gerade mal einen 3,5-Sterne-Bewertung erhalten hatte. In einigen der weniger positiven Bewertungen wurde erwähnt, wie unhöflich und abweisend sich Millicent während ihres Aufenthalts ihnen gegenüber verhalten hatte, aber die meisten negativen Kommentare bezogen sich auf weitaus banalere Dinge – ein unzureichend geputztes Zimmer, Katzenkotze im Flur, kaum glutenfreie Frühstücksoptionen und so weiter.

Als ich mich in meiner Abneigung Mrs Strobel gegenüber einigermaßen bestätigt fühlte, beschloss ich, tiefer zu graben und rief die Seiten der renommierten Reiseveranstalter auf, um dort die größere Zahl der Gästebewertungen zu studieren. In einer der neueren Rezensionen wurde tatsächlich eine defekte Tür erwähnt. Interessiert las ich weiter. Der Post war von vor zwei Wochen, und Millicent hatte sich bis heute nicht darum gekümmert. Ob sie überhaupt je vorhatte, das Schloss reparieren zu lassen?

Seit wann genau bestand dieses Problem?

Ich tippte *Tür* in die Suchleiste ein und stieß auf drei weitere Bewertungen. Eine davon lag bereits einige Monate zurück. Darin wurde auch das Verschwinden einer antiken Brosche erwähnt. Ich änderte meine Suchkriterien auf *vermisst, gestohlen* und andere Synonyme und fand Beurteilungen von vier weiteren Gästen, denen während ihres Aufenthalts in der Pension etwas Wertvolles abhandengekommen war.

War die Alte womöglich eine Diebin? Hatte sie diese bunten Ohrringe, die mir vorhin ins Auge gestochen waren, einem anderen gutgläubigen Besucher entwendet?

Und hatte sie Charles und mich vorsätzlich in diesem Zimmer mit den zwei Doppelbetten untergebracht, um an meinen Verlobungsring zu kommen?

Diese und ähnliche Fragen spukten mir noch lange im Kopf herum, bis ich endlich doch einschlief

... allerdings nicht für lange. Ein kalter Luftzug kitzelte mich an den Wangen und lenkte meinen Blick auf die Glastür.

Sie stand schon wieder offen.

Paisley lag zwischen mir und Charles unter den Decken an meine Hüfte gekuschelt, Octocats Bett hingegen war leer.

Ich zog meinen Bademantel an, schlüpfte ohne Socken in meine Schuhe und machte mich auf den Weg nach draußen, wobei ich mein Handy als Taschenlampe benutzte.

„Octocat", flüsterte ich, nachdem ich die Tür hinter mir zugezogen hatte. Mit Sicherheit stünde sie erneut offen, wenn ich ins Zimmer zurückkam, aber ich konnte es ja zumindest mal versuchen. Hatte Charles sie nicht richtig geschlossen, nachdem er die Tiere rausließ? Hatte mein Kater sie offen gelassen? Oder war jemand unbemerkt in unser Quartier einge-drungen?

Bei dieser Vorstellung bekam ich eine Gänsehaut, während ich mich vorsichtigen Schrittes dem See näherte. In der Ferne heulte eine Eule, und die Grillen hatten ihr nächtliches Lied angestimmt. Die Worte klangen ziemlich simpel. Vielleicht könnte ich den Text eines Tages lernen, aber im Moment machte ich mir zu große Gedanken um meinen Kater, um mich auf etwas anderes konzentrieren zu können.

In diesem Moment nahm ich einen Schatten auf dem Steg wahr und beschleunigte mein Tempo.

Als ich erkannte, dass er es war, der im Mondlicht seine Katzenkapriolen vollführte, blieb ich stehen und zog mich in den Schatten der Bäume zurück. Das also hatte er damit gemeint, wenn er seine nächtlichen Aktivitäten erwähnte.

Schlagartig fühlte ich mich ein wenig schuldig, ihn dabei gestört zu haben.

Plötzlich ließ er sich auf alle viere fallen und hielt inne. „Angela, ich kann dich spüren. Komm raus.“

„Tut mir leid“, murmelte ich, ging zu ihm hinüber und setzte mich neben ihn. „Ich konnte einfach nicht schlafen, und als ich bemerkte, dass du noch immer nicht zurück warst, habe ich mir Sorgen gemacht.“

„Ich bin aufgewacht, weil diese dumme Tür schon wieder offen stand“, erklärte er und fing an, sich akribisch zu putzen. „Also beschloss ich, nachzusehen, was los ist, und entdeckte diese hässliche, plattgesichtige Katze, die draußen herumwanderte. Ich wollte ihr die Meinung geigen, aber natürlich bekam sie Muffensausen und verdrückte sich, bevor sich mir die Gelegenheit dazu bot. Eigentlich hätte ich erwartet, dass es einfacher sein sollte, einem solch ekelhaften Geruch wie dem, den sie verströmt, zu folgen."

„Lass dich bitte nicht auf weitere Kämpfe ein", bat ich ihn.

„Entspann dich, Angela. Ich weiß ganz genau, was ich tue", schnurrte er selbstbewusst. „Also, warum konntest du nicht schlafen?"

„Die Tür", gestand ich seufzend.

„Wirklich nur deswegen? Oder vielleicht aufgrund der Tatsache, dass du kurz davor stehst, deine Großmutter zu treffen", sagte er und strich sich den Schwanz glatt. „Aber du weißt doch, dass du deshalb nicht nervös sein musst, oder?"

Ich saß wie geschockt da. Versuchte Octocat tatsächlich, nett zu sein? Zu mir?

Ich starrte ihn mit offenem Mund an.

„Schau nicht so überrascht drein. Manchmal ergibt dein menschliches Verhalten durchaus einen Sinn", fuhr er fort und blinzelte träge in meine Richtung. „Erinnerst du dich noch? Als wir vor nicht allzu langer Zeit überlegten, meine Familie ausfindig zu machen, war ich ebenfalls leicht nervös und machte mir Gedanken darüber, ob sie womöglich ebenso großartig sein könnte wie ich."

Er gluckste, und ich ertappte mich dabei, wie ich ihn abwesend hinter den Ohren kraulte.

„Dann jedoch wurde mir eines klar, Angela. Selbst wenn nicht, würde das nichts an mir ändern. Denn ich bin und bleibe der, der ich bin ... ein Musterbeispiel katzenartiger Perfektion und gewillt zu akzeptieren, dass nur wenige mir das Wasser reichen können." Er stellte sich vor mich hin, die Brust aufgebläht, die Nase hoch in die Luft gereckt, und ich brach in schallendes Gelächter aus.

Er nickte zufrieden. „Das Schlimmste, was passieren kann, wenn du deine Großmutter triffst, ist ... absolut nichts. Dein Leben ändert sich dadurch nicht. Du gehst einfach zurück und machst weiter wie gehabt. Und, mal ganz ehrlich, für einen Menschen führst du ein ziemlich außergewöhnliches Leben."

Ich verkniff mir eine Antwort.

Wenn ich mich jetzt auf Diskussionen einließ, würde er mich nur wieder mit seinen üblichen Sticheleien niedermachen, und ich wollte diesen Moment so lange wie möglich auskosten. Und so saßen wir noch eine Weile friedlich vereint im Mondlicht, bevor wir uns auf den Rückweg zu unserem Zimmer machten.

Ja, ich brauchte die Menschen und Tiere um mich, um das durchzustehen, was mich auf den ersten Blick schwach und unfähig erscheinen ließ.

Um all die Herausforderungen zu meistern, die sich mir in den Weg stellten.

Aber war das nicht auch der wichtigste Grund, warum wir uns mit geliebten Personen umgaben? Sie halfen uns, das Schlechte durchzustehen und das Gute zu teilen.

Hoffentlich würde der morgige Tag letzteres bringen ... für Charles, Octocat, Paisley und mich ...

Und natürlich auch für meine Großmutter.

11

Am nächsten Morgen war ich bereits geduscht, angezogen und bereit für unser Abenteuer, als Charles endlich die Augen aufschlug. Die komplette Woche hatte ich damit verbracht, mein Outfit zusammenzustellen, und jetzt, wo ich es tatsächlich trug, fühlte ich mich seltsam ehrfürchtig.

Heute stand mir einer der wichtigsten Tage meines Lebens bevor. Und was auch immer passieren würde – gut, schlecht oder irgendwo dazwischen –, würde er mich dennoch für die Zukunft prägen.

Als Erstes fütterten wir die Tiere und holten uns dann einen Kaffee von dem Frühstücksbuffet, das Millicent für ihre Gäste vorbereitet hatte.

Charles nahm sich noch ein Stück des abgepackten Kuchens mit, aber ich war viel zu aufgeregt, um überhaupt an Essen denken zu können. Außerdem, wenn man ein Leben lang von Grandmas Backkünsten verwöhnt worden war, entwickelte man sich zu so etwas wie einem Muffin-Snob. Bei den Teilchen, auf die mein Blick fiel, stimmte das Verhältnis zwischen Teig und Blaubeeren nicht. Das wusste ich sofort, ohne sie überhaupt probiert zu haben. Und so ganz taufrisch schienen sie ebenfalls nicht mehr zu sein. Kein Wunder, dass diverse Gäste sich beschwert hatten. Je länger wir hier waren, desto mehr Gründe fand ich, die die schlechten Kritiken rechtfertigten.

„Also, noch einmal", sagte Charles, als er den Autoschlüssel ins Zündschloss steckte und ich meinen Sicherheitsgurt einrasten ließ. „Ich glaube, dass ich den richtigen Ort gefunden habe, aber absolut sicher wissen wir das erst, wenn es tatsächlich sie ist, die uns die Tür öffnet."

Ich nickte zustimmend. „Natürlich. Und ich habe auch keinerlei Erwartungen. *Qué será será*, wie es so schön heißt."

Er griff nach meiner Hand und drückte meine Finger. „Nein, das tust du nicht. Und das ist auch völlig okay. Natürlich wäre es schön, wenn alles gut ablaufen würde, aber mach dir deswegen nicht so viele Gedanken. Egal, was passiert, ich bin bei dir."

„Und lässt meine Hand nicht los?", bat ich grinsend.

Er erwiderte mein Lächeln und drückte noch einmal fest zu. „Wenn du das möchtest."

So hielten wir die ganze Fahrt über Händchen. Mitunter vernahmen wir, wie Octocat auf dem Rücksitz Würgegeräusche von sich gab. Es war schon beinahe beruhigend zu sehen, dass er sich von seinem seltsamen Mitleidsanfall gestern Abend erholt zu haben schien. Ob er wohl nachts immer so drauf war? Und tagsüber nur deshalb so mürrisch, weil er müde war?

„Ich kann kaum glauben, dass du dich für die Rolle der Mrs. Kotzbrocken freiwillig gemeldet hast", zischte er irgendwann in meine Richtung. „Andererseits ... wahrscheinlich ist sie perfekt für dich."

„Danke", entgegnete ich mit einem zufriedenen Grinsen und genoss es, wie wohlig warm sich mein Hinterteil dank des beheizten Ledersitzes anfühlte.

„Was?", fragte Charles und bedachte mich mit einem kurzen Seitenblick.

„Danke", wiederholte ich, dieses Mal an ihn gerichtet. „Dafür, dass du immer für mich da bist und mich auch heute nicht allein lässt."

„Ich kotze gleich", ließ sich mein Kater erneut vernehmen.

Ich ignorierte ihn und lehnte mich hinüber zu meinem Verlobten, um ihm einen Kuss auf die Wange zu drücken.

„So, da wären wir", verkündete er kurze Zeit später, als wir in einen Wohnkomplex einbogen. „Hoffe ich zumindest."

Jedes der Gebäude war in einem matten Braunton gehalten, sowohl die Fassade als auch das Dach. Die ganze Umgebung vermittelte einem das Gefühl, als wäre man mitten in Maine in eine Art denkwürdige Vorstadtwüste geraten.

Eine Gruppe von High School-Schülern schlenderte an uns vorbei, die Hände tief in den Taschen ihrer übertrieben weiten Jeans vergraben. Einer von ihnen starrte mich anzüglich an, was mir die Röte in die Wangen trieb.

„In welchem von denen wohnt sie?", fragte ich, während Paisley den Passanten wütend hinterherbellte.

„Das war die einzige Passage dieser kompletten Tour, bei der ich mir absolut sicher war. Es ist das Haus mit den pinkfarbenen Plastikflamingos."

„Oh, richtig, die rosa Wächter", sagte ich und erinnerte mich an die Beschreibung, die ich selbst aufgenommen hatte. „Denkst du, sie ist zu Hause?"

Charles stellte den Motor ab und bedachte mich

mit einem prüfenden Blick. „Es gibt nur einen Weg, das herauszufinden. Bist du bereit?"

Plötzlich spürte ich einen fetten Kloß in meiner Kehle und bemühte mich, ihn hinunterzuschlucken. Allerdings fühlte es sich so an, als würde er festsitzen. Dann fingen auch noch meine Augen an zu brennen, und meine Haut kribbelte. Mein Herzschlag beschleunigte sich, und auf meiner Brust schien ein zentnerschweres Gewicht zu lasten.

Ich ließ Charles' Hand los und tastete wie blind umher, um mich irgendwo abzustützen,

aber selbst der Wagen schien zu schwanken. Natürlich war mir bewusst, dass wir nach wie vor drinnen saßen. Seite an Seite, bei abgestelltem Motor. Und trotzdem …

Charles sagte etwas, aber irgendwie ergaben seine Worte keinen Sinn. Was war nur los mit mir?

Eine Million Gedanken rasten mir durch den Kopf, aber ich konnte keinen davon lange genug festhalten, um seinen Sinn zu erfassen.

Paisley begann wie wild zu bellen, während mein Verlobter mit ruhiger, beschwichtigender Stimme auf mich einsprach. Ich jedoch verfiel immer mehr in ein totales Gefühlschaos, das sich in einem Sturm entlud, den nur ich spüren konnte.

Erst als Octocat vom Rücksitz nach vorne geklettert kam und sich auf meiner Brust niederließ, begannen sich sämtliche meiner Vitalfunktionen wieder zu normalisieren.

Ich schloss die Augen, legte meine Wange an sein Fell, lauschte seinem Schnurren und spürte, wie die Vibrationen meine Haut erwärmten. „Was ist passiert?", fragte ich, nachdem ich mich endlich gefangen hatte.

„Meiner Meinung nach hattest du gerade eine Panikattacke", sagte Charles vorsichtig. Er streckte nicht die Hand nach mir aus, wie er es normalerweise tat, sondern ließ mir den Raum, um mich zu erholen. „Geht es dir jetzt wieder besser?"

„Ich glaube schon", erwiderte ich und hob mein Gesicht zu dem Fellknäuel, das nach wie vor auf meiner Brust kauerte.

Die aktuelle Situation erinnerte mich stark an das erste Mal, als ich auf Octavius traf, dass es mir fast wie ein *Déjà-vu* vorkam. Auch damals war ich stark angeschlagen gewesen, und er hatte sich auf mir niedergelassen. Das Einzige, was fehlte, war …

„Ich bin hungrig", beschwerte er sich und hauchte mir seinen nach altem Hummerbrötchen stinkenden Atem ins Gesicht. „Wie lange ist es bitte her, seit du mich zuletzt gefüttert hast?"

„Genau das habe ich vermisst", sagte ich laut und

nickte einmal, um es mir sozusagen selbst zu bestätigen.

„Wie bitte?", fragte Charles, langte nun doch zu mir herüber und begann, mir beruhigend den Arm zu reiben.

„Katzen sind und bleiben eben Katzen", sagte ich mit einem kleinen Lächeln. Bei Octocat konnte ich mich stets darauf verlassen, dass er sich selbst treu blieb. Und das machte den Trip ins Ungewisse einfacher ... diese gewisse Beständigkeit, die nie weiter entfernt war als mein pelziger Begleiter.

„Woher wusste er, was zu tun ist?", wollte Charles wissen und musterte ihn neugierig.

„Wer, ich?", fragte mein Kater, rutschte hinunter auf meinen Schoß, richtete sich auf und starrte aus dem Fenster.

„Das ist Ethel ab und zu auch passiert. Immer, wenn sie anfing, komisch zu atmen, nahm sie mich hoch und drückte mich an sich, Irgendwann ging es dann wieder. Also dachte ich mir, das könnte bei dir auch funktionieren, da ihr Menschen ja alle irgendwie gleich seid."

Unglaublich, dass er mich nach all der Zeit, die wir jetzt schon zusammen waren, immer noch zu überraschen vermochte. Das gefiel mir, und jetzt schätzte ich ihn noch mehr denn je. Trotz seiner

Macken schien er sich um mich zu sorgen und war für mich da, wenn es darauf ankam.

Und auch jetzt war er an meiner Seite, was bedeutete, dass ich es tun konnte.

Ich würde meine Großmutter treffen, die Wahrheit in Erfahrung bringen, und mit meinem Leben wie gewohnt weitermachen.

Diese Begegnung musste mich nicht verändern.

Und irgendwie hatte ich so ein Gefühl, dass meine Gefährten das sowieso nicht zulassen würden.

12

Charles hielt meine Hand, während ich Paisley mit meinem freien Arm an meine Brust drückte. Octocat schnüffelte derweil in irgendwelchen Sträuchern herum, wo er ein fettes Rotkehlchen entdeckt hatte.

„Okay", sagte ich und atmete noch einmal tief durch.

Charles hob den Finger und drückte auf die Türklingel.

Ich versuchte, mich auf diese Bewegung zu konzentrieren, auf die kleine Hündin, die vor Aufregung zitterte, und auf meinen Kater, der lächerliche Töne von sich gab, die wohl wie Gezwitscher klingen und den Vogel in seine tödlichen Fänge locken sollten.

Und ich lauschte auf Schritte, die sich der Tür nähern würden, hörte jedoch nichts.

„Vielleicht ist sie kaputt", sagte Charles achselzuckend, bevor er mit den Fingerknöcheln dreimal in schneller Folge gegen das Holz hämmerte.

„O Mann, jetzt hast du sie verscheucht", jammerte Octocat und kam auf die steinerne Stufe gehüpft, um sich zu uns zu gesellen.

Ich machte mir nicht die Mühe, zu übersetzen. Stattdessen ließ ich Paisley runter und klopfte nun meinerseits mehrmals kräftig an.

„Bitte, ich möchte auch helfen!", bettelte der kleine Chihuahua und begann, lautstark zu bellen.

„Sie soll aufhören! Sag ihr, sie soll sofort damit aufhören!", stöhnte mein Kater, rollte sich auf den Rücken und rieb sich die Wirbelsäule auf dem Pflaster.

Trotz des ganzen Tohuwabohus tauchte meine Großmutter nicht auf.

„Okay, wie es aussieht, ist sie nicht zu Hause", sagte Charles und ging zurück zur Straße. „Lass uns einen kleinen Spaziergang um den Block machen. Vielleicht können wir ja von einem der Nachbarn etwas in Erfahrung bringen."

Ich nickte und ließ mich von ihm fortziehen.

Paisley trottete hinter uns her, und Octocat

widmete sich wieder den Büschen. „Ich werde hier warten. Eventuell kommt das Rotkehlchen ja nochmals wieder. Holt mich, wenn es Zeit ist zu gehen", sagte er und verschwand aus meinem Sichtfeld.

„Du glaubst doch nicht, dass sie mir bewusst aus dem Weg geht, oder?", fragte ich Charles, während wir die Straße entlangliefen.

Er schüttelte energisch den Kopf. „Warum sollte sie das tun? Zum einen weiß sie ja gar nicht, dass du kommst, und zum anderen bin ich mir sicher, dass sie dich gerne kennenlernen würde. Warum wäre sie sonst wieder in deine Nähe gezogen?"

Stimmt. Daran hatte ich bisher noch gar nicht gedacht. Erneut keimte Hoffnung in mir auf. „Denkst du, sie könnte ihrerseits nach Mom und mir suchen?"

„Alles ist möglich." Er beschleunigte seinen Schritt. „Ah, sieh mal. Da sprengt jemand seinen Rasen."

Ein Mann mittleren Alters, gekleidet in Cargo-Shorts, ein Sport-T-Shirt und bunte Crocs, stand in einem der Vorgärten. In der einen Hand hielt er einen Schlauch, in der anderen eine Zigarette.

„Entschuldigen Sie, Sir!", rief Charles und winkte zu ihm hinüber.

„Falls Susie sie geschickt haben sollte, können Sie sich direkt wieder verziehen. Ich werde keine weiteren Papiere mehr unterschreiben", knurrte dieser in unsere Richtung. Anscheinend vermittelte mein Verlobter auch außerhalb der Kanzlei und trotz lässiger Freizeitkluft noch immer den Eindruck des überkorrekten Anwalts.

„Ich arbeite weder für Susie noch für sonst jemanden. Wir sind nur hier, um einen Ihrer Nachbarn zu besuchen. „Können Sie mir etwas über ...?"

Der Mann hob die Hand mit der Zigarette. „Das reicht jetzt. Meine Nachbarn interessieren mich nicht. Ich habe genug eigene Probleme, ohne meine Nase auch noch in fremde Angelegenheiten stecken zu müssen. Also verschwindet von hier! Sucht euch einen anderen armen Trottel. Von mir werdet ihr nichts erfahren."

Ich zog Charles mit mir fort. „Bitte entschuldigen Sie die Störung!", rief ich dem Kerl noch zu und wandte mich zum Gehen.

„Hey, ihr!", hörte ich ihn plötzlich hinter uns weiterwüten. „Schafft eure übergroße Ratte aus meinem Garten!"

Wir drehten uns gerade noch rechtzeitig um, um mitzubekommen, wie Paisley ihr Beinchen anhob und einen mächtigen Pinkelstrahl direkt neben der Stelle absetzte, die der wütende Kerl gerade erst gewässert hatte.

Er richtete seinen Schlauch auf sie, und sie rannte winselnd davon.

„Braver Hund", flüsterte ich, nachdem sie uns eingeholt hatte.

„Ich dachte, dass nur Männchen das Bein heben, um zu pieseln", wunderte sich Charles, anstatt die merkwürdige Reaktion des Mannes zu kommentieren.

„Kleine Hunde ebenfalls, um etwas Abstand zwischen sich und den Boden zu bringen", erklärte ich.

„Aha." Mehr sagte er dazu nicht.

Eine Weile liefen wir schweigend weiter, bis wir auf ein joggendes Pärchen stießen.

Charles versuchte, sie aufzuhalten, aber sie zeigten nur auf ihre Ohrstöpsel und wollten an uns vorbeilaufen. Er jedoch stellte sich ihnen in den Weg und zwang sie zum Innehalten. Nicht nur ich, auch die beiden Sportler blickten überrascht drein.

„Was bitte ist dein Problem, Kumpel?" Der Mann ballte erbost die Hände zu Fäusten.

„Ich versuche lediglich, ein paar Informationen zu bekommen", antwortete mein tapferer Begleiter, trat aber vorsichtshalber einen Schritt zurück. „Wir suchen nach ..."

„Mitch. Ja, der ist gleich da drüben und wässert

seinen Garten", knurrte der Mann und zeigte mit einem fleischigen Finger zurück in die Richtung, aus der wir gerade kamen. „Er ist es doch, nach dem ihr Ausschau haltet, oder?"

„Jeder von euch Typen hat es auf diesen armen Kerl abgesehen", fügte die Frau hinzu und gab sich nicht einmal Mühe, ihre Entrüstung zu verbergen. „Kann Sue ihn nicht endlich mal in Ruhe lassen? Aber ihr Aasgeier seid ja alle gleich. Solange der Rubel rollt, bleibt ihr an der Sache dran. Was ist das für ein Gefühl, das Leben von Menschen zu ruinieren, nur um sich die eigenen Taschen vollzustopfen, hä?"

„Wir sind keine Anwälte", unterbrach ich sie verzweifelt. „Nun ja, er schon, aber deshalb sind wir nicht hier. Wir suchen die Frau, die in der Wohnung mit all den Flamingos lebt. Ihr Name ist Lyn Jones."

Beide verzogen das Gesicht, als ob ihnen ein unangenehmer Geruch in die Nase gestiegen wäre.

„Die?", fragte der Mann. „Wir kennen sie nicht näher und legen auch keinen Wert auf ihre Bekanntschaft."

Die Frau verdrehte die Augen. „Genauso ist es. Warum sollten wir auch? Dieser geschmacklose Zierrat. Bäh! Als ob die Nachbarschaft nicht schon schlimm genug wäre."

Sogleich fingen sie an, miteinander zu streiten, dass all die neuen Leute, die in die Nachbarschaft gezogen waren, die positive Dynamik, die bisher hier geherrscht hatte, zunichtemachten.

„Danke", sagte ich mit einem tiefen Seufzer, aber wenn sie mich gehört hatten, ließen sie es sich nicht anmerken. Abrupt wandten sie sich ab, joggten davon und ließen uns fassungslos zurück.

„Wollen wir noch ein Stück gehen?", fragte Charles kopfschüttelnd. „Noch drei Versuche, bevor wir aufgeben?"

„Ich glaube nicht, dass ich noch mehr verkraften kann", antwortete ich. Das Letzte, was ich wollte, war eine weitere Panikattacke.

Er stellte meine Entscheidung nicht weiter in Frage.

Gemeinsam kehrten wir zu dem Haus mit den pinkfarbenen Flamingos zurück, um Octocat und das Auto zu holen. Ein letztes Mal klopfte ich an die Tür, aber auch dieser Versuch blieb erfolglos.

Ich kaute auf meiner Unterlippe herum und dachte nach. Schließlich sagte ich: „Ich versuche noch einmal, sie telefonisch zu erreichen."

Es klingelte und klingelte, aber nur am anderen Ende der Leitung, nicht im Haus.

Charles runzelte die Stirn. „Wie gesagt, es wäre

möglich, dass ich mich bezüglich der Adresse geirrt habe. Immerhin waren Bravos Anweisungen ziemlich, äh, abstrakt."

„Nein, wir sind hier definitiv richtig." Ich wusste zwar nicht warum, aber tief in meinem Inneren war ich mir dessen absolut sicher. Außerdem, wie viele solcher sandfarbenen Häuser mit pinkfarbenen Wächtern davor sollte es sonst noch in dieser Siedlung geben?

„Lass uns zurückfahren zu unserer Pension und unterwegs was essen gehen, okay?", schlug Charles vor, als er die Autotür für mich und die Tiere öffnete.

„Endlich gibt dieser Kotzbrocken mal was Vernünftiges von sich", spottete Octocat von seinem Platz auf der Rückbank. „Wie stehen die Chancen, dass wir ein Lokal auftreiben, wo es Hummer …?"

„Nein!", unterbrach ich ihn scharf. „Hey, Charles. Wo gab es gleich noch mal die guten Pommes?", fragte ich, weil ich plötzlich einen Riesenappetit auf etwas Salziges hatte.

„Ich dachte schon, du würdest nie fragen, Liebling", scherzte er, und dann fuhren wir los.

13

Wir parkten vor dem Bed & Breakfast und entschieden, hinten herumzugehen, um durch die Glasschiebetür in unser Zimmer zu gelangen. Charles trug die gut gefüllte Tüte mit fettigem Fast Food, während ich in jeder Hand eine extra große Limonade hielt.

Eigentlich hatte ich vorgehabt, die Tiere mit dem von zu Hause mitgebrachten Essen zu füttern, aber Octocat ließ nicht locker, bis ich schließlich nachgab und ihm ein Fischfilet kaufte. Und natürlich nahmen wir auch noch einen einfachen Burger für Paisley mit, denn es wäre unfair gewesen, wenn sie leer ausgegangen wäre.

Zumindest war es keine totale Niederlage meinerseits, denn die beiden mussten mir schwören, dass sie sich für den Rest unseres Aufenthalts an ihr Dosenfutter halten würden.

„Komm, wir gehen aufs Zimmer, bevor alles kalt wird." Es war ein ungeschriebenes Gesetz, dass bei ihm niemand im Auto essen durfte. Also hatten wir die Tüte während der gesamten Fahrt gut verschlossen gehalten, was jedoch nicht verhinderte, dass dieser ein köstlicher Duft entstieg, der mir das Wasser im Mund zusammenlaufen ließ.

Ein orangefarbener Blitz erregte meine Aufmerksamkeit. Zuerst dachte ich, es sei Louis, der Kater, aber dann wurde mir klar, dass es Millicent war, die uns beobachtet hatte und nun auf uns zugestürmt kam.

„Wo waren Sie denn den ganzen Morgen über?", fragte sie neugierig, die Hände mit den langen, roten Fingernägel um eine Dose Cola Light geschlungen.

„Einfach ein wenig unterwegs", entgegnete ich achselzuckend und wollte mich abwenden.

Sie jedoch folgte uns, ihre Flip-Flops klatschten gegen den Kies. „Sie haben doch nichts Illegales getan, oder? Erst gestern Abend hat mir ein Gast erzählt, dass ein Diamantring verschwunden sei."

Ich starrte sie entgeistert an. „Das war ich! Es ist mein Ring, der nicht mehr aufzufinden ist."

Sie stockte und suchte stotternd nach Worten.

„Was haben Sie damit gemacht? Na los, erzählen Sie es mir.“

„Das habe ich bereits gestern Abend versucht, aber anscheinend erfolglos. Hatten Sie mir nicht zugehört? Ich habe ihn vor dem Schlafengehen abgenommen und auf den Nachttisch gelegt, und als ich aufwachte, war er weg.“

Sie schien kurz zu überlegen, kniff dann die Augen zusammen und platzte heraus: „Woher weiß ich denn, dass das keine Lüge ist? Womöglich sind Sie einfach darauf aus, mir etwas anzuhängen und von meiner Versicherung das Geld zu kassieren, so dass Sie sich davon etwas Besseres leisten können.“

„Das kann ja jetzt wohl nicht Ihr Ernst sein!“ Ich stand knapp davor zu explodieren. Ihr Glück, dass ich die Hände voll hatte, denn sonst … Okay, so etwas Unangemessenes würde ich natürlich nie tun, aber allein die Vorstellung, dass ich es könnte, verschaffte mir eine gewisse Befriedigung.

„Komm schon, Angie“, drängte Charles und zog mich am Ellbogen mit sich fort. „Unser Mittagessen wird kalt.“

„Aber so lasse ich nicht mit mir reden“, beharrte ich und starrte die böse alte Hexe grimmig an. „So, wie Sie sich verhalten und wie das hier alles abläuft, kommen wahrscheinlich kaum Gäste ein zweites Mal zu Ihnen.

Persönliche Gegenstände verschwinden, die Türen funktionieren nicht, und Sie sind eine der unverschämtesten Personen, die mir je über den Weg gelaufen ist!"

„Was erlauben Sie sich!", knurrte Millicent. „Packen Sie gefälligst Ihre Sachen und ..."

„Nein", antwortete ich mit fester Stimme. „Ich gehe nirgendwohin, bevor ich meinen Ring nicht wiederhabe. Wenn Sie mich also loswerden wollen, schlage ich vor, Sie finden ihn schnellstmöglich. Schönen Tag noch, Millicent."

Mit diesen Worten machte ich auf dem Absatz kehrt und stürmte davon. Charles und die Tiere folgten mir schweigend.

„Miiaaauuu", sagte Octocat, und stieß einen leisen, anerkennenden Pfiff aus. „Ich war noch nie so stolz auf dich, Angela. Allem Anschein nach konnte ich dir doch etwas beibringen."

„Wie auch immer, aber gewöhne dich lieber nicht daran", sagte ich, zog meine Schuhe aus und ließ mich auf mein Bett fallen. Mein Herz hämmerte schon wieder wie verrückt. Wenn ich nicht frühzeitig ins Gras beißen wollte, musste ich unbedingt lernen, mich besser unter Kontrolle zu haben.

In diesem Moment ging die Toilettenspülung in unserem angrenzenden Bad, und ich fuhr erneut erschreckt in die Höhe. „Wer ist da?", rief ich und stand kurz davor, durchzudrehen.

Die Tür ging auf, und Sharon trat mit erhobenen Händen heraus. „Sorry, Leute. Die Glastür stand offen, also habe ich mich selbst reingelassen. Ich wollte mich dafür entschuldigen, wie die Sache gestern ablief, und natürlich war ich neugierig zu erfahren, was sich heute getan hat. Hast du deine Großmutter getroffen? Wie war es?"

Charles deutete ihr an, sich zu uns zu setzen und reichte ihr eine große Schachtel mit Pommes.

„O nein. Ich wollte euch doch nicht stören", begann Sharon, klimperte mit den Wimpern und versuchte, das Angebot abzulehnen.

Er jedoch bestand darauf. „Ist schon okay. Ich hatte gestern während meiner stundenlangen Suche mindestens fünf Portionen. Mein Bedarf an Salzigem ist gedeckt."

Sie musterte ihn mit gerunzelter Stirn. „Das klingt ein wenig … seltsam. Was meinst du mit …?"

„Lieb von dir, dass du nochmals vorbeigekommen bist", platzte ich heraus und lenkte ihre Aufmerksamkeit zurück auf mich. „Wir sind zu ihr gefahren, aber sie war nicht zu Hause."

Erneut runzelte Sharon die Stirn. „Oh."

„Ja, und zudem geht sie nach wie vor nicht an ihr Telefon. Wir stecken also irgendwie fest."

„Mist." Jetzt war ihre Miene ein einziges Stirnrunzeln, was so gar nicht zu ihrem üblichen, unbekümmerten Wesen passte. Genauso wenig wie ihr aktuelles Outfit.

Ich ließ den Blick über ihren grauen Anzug wandern, bis er unten an den knallroten Clogs hängen blieb. „Sharon, was hast du denn da an?"

„Cool, oder?" Endlich kehrte ihr Lächeln zurück. „Ich habe später noch ein Treffen mit dem Pressesprecher der Show. Keine Ahnung, was die eigentlich von mir wollen, aber vorsichtshalber habe ich mich mal in Schale geworfen. Die nette Dame in dem Laden half mir bei der Auswahl der entsprechenden Garderobe. Ist zwar so überhaupt nicht mein Stil, aber hoffentlich zeigt ihnen das, dass ich durch und durch eine Geschäftsfrau bin. Sie wollte mir auch noch ein Paar Schuhe aufschwatzen, aber die waren schrecklich unbequem. Glücklicherweise passen die Clogs, die ich in New Amsterdam erstanden habe, perfekt dazu." Sie hielt inne und holte kurz Luft. „Natürlich ist Chessy der Star, schon klar, aber ich bin es, die alle Papiere unterschrieben hat, von daher ..."

„Du siehst fantastisch aus, Sharon", sagte Charles

mit einem freundlichen Grinsen. „Sehr professionell."

Sie errötete heftig. „Vielen Dank."

Dann verlagerte er sein Gewicht auf dem Bett, wodurch ich leicht das Gleichgewicht verlor. Sharon hatte es sich auf der von Octocat auserkorenen Schlafstatt gemütlich gemacht, da dieser gerade auf dem Boden saß und sich durch sein Fischfilet arbeitete.

„Da fällt mir gerade ein ...", fuhr Charles fort, zerknüllte das Papier, in das sein Burger eingewickelt war, und warf es zurück in die Tüte. „Da du schon mal hier bist, kannst du uns vielleicht bei etwas helfen."

Sie richtete sich auf und legte die Hände in den Schoß. „Wobei?" Und wieder klimperte sie mit den Wimpern. Heiliger Bimbam.

„Du hast doch erwähnt, du wärst auf Informationen über Marilyns Gerichtsverfahren gestoßen."

„Ja, aber die Akten waren unter Verschluss. Da kam ich nicht ran."

Das entmutigte ihn nicht im Geringsten. „Aber möglicherweise ich, wenn ich mit den richtigen Leuten spreche."

Wir beide blickten ihn fragend an.

„Ich muss lediglich herausfinden, wo zumindest

einer der Fälle verhandelt wurde. Dann kann ich mich an die örtliche Staatsanwaltschaft wenden, mit der Begründung, ich wäre an einem Familienfall dran. Vielleicht kommen wir so an weitere Details."

„Klar, ich schicke dir einfach meine Notizen per E-Mail", sagte Sharon und zückte ihr Handy. Als das erledigt war, lehnte sie sich zu mir herüber. „Er sieht nicht nur gut aus, er ist auch noch brillant", flüsterte sie mir verschwörerisch zu, allerdings in einer Lautstärke, sodass auch er sie verstehen konnte.

Und dieses Mal war es Charles, dessen Wangen sich rot färbten.

Octocats gedämpfte Stimme drang an mein Ohr. „Und ich dachte immer, du wärst die Einzige, die verrückt genug ist, dem Kotzbrocken-Fanclub beizutreten", murmelte er, das Maul voller Essen. „Aber allem Anschein nach wurdest du soeben von deinem Präsidentenstuhl gestoßen."

So allmählich wurde es lächerlich. Zwar fühlte ich mich nicht im Geringsten bedroht, rutschte aber trotzdem näher an meinen Verlobten heran und legte den Kopf auf seine Schulter.

„Du kannst dich wirklich glücklich schätzen, Angie Russo", sagte Sharon. „Vergiss bloß nicht, mich zu deiner Hochzeit einzuladen. Jetzt habe ich wieder ein neues Ziel vor Augen, und zwar, mir einen Onkel oder einen Cousin von ihm zu angeln. Wenn der nur halb so perfekt ist wie dein Charles, sterbe ich als glückliche Frau... Und jetzt lass mich noch einmal deinen wunderschönen Ring sehen."

„Der ist leider verschwunden, seit ich ihn letzte Nacht vor dem Schlafengehen abgelegt habe", gab ich stirnrunzelnd zu.

„Verschwunden?" Sie riss ungläubig die Augen auf. „Aber er muss doch hier irgendwo sein. Soll ich dir beim Suchen helfen?", bot sie an und rutschte vom Bett herunter.

Ich stand ebenfalls auf. „Gerne. Wir haben zwar schon überall gesucht, aber ..."

Sharon nickte verständnisvoll. Dann jedoch fiel ihr Blick auf die große digitale Wanduhr gegenüber. „O Mist! Ich kann bedauerlicherweise nicht länger bleiben, sonst komme ich zu spät zu meinem Meeting! Ruf mich später an, okay? Wir werden den Ring – und diese Großmutter – schon noch finden. Mach dir keine Sorgen!"

Damit machte sie auf dem Absatz kehrt und war so schnell verschwunden, dass ich mich nicht einmal verabschieden konnte.

14

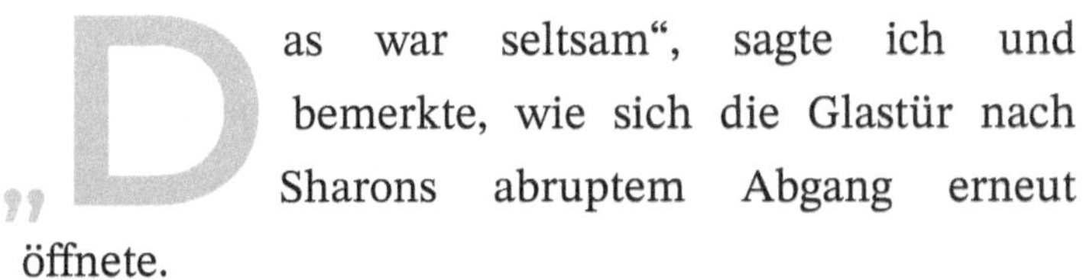

„**D**as war seltsam", sagte ich und bemerkte, wie sich die Glastür nach Sharons abruptem Abgang erneut öffnete.

„Glaubst du etwa, dass sie …?" Charles ließ seine Worte nachwirken, während er aufstand, um sie so gut wie möglich erneut zu schließen.

Ich legte den Kopf schief und sah ihn finster an. „Was? Dass sie es war, die meinen Ring entwendet hat?"

„Na ja, sie scheint kein Problem damit zu haben, ohne Erlaubnis einzutreten, und außerdem …" Er verstummte und zuckte mit den Schultern.

„Ist sie in dich verknallt. Ist es das, was du sagen

wolltest? Dass sie den Ring gestohlen haben könnte, weil sie in dich verschossen ist und sich dann in ihrer Fantasie ausmalen könnte, *sie* wäre deine Braut?"

Er seufzte auf. „Ich gebe zu, wenn du es laut aussprichst, hört es sich irgendwie blöde an. Andererseits haben wir auch keine weiteren Anhaltspunkte."

„Sharon ist meine Freundin", erinnerte ich ihn. „Wenn jemand das Schmuckstück geklaut hat, dann diese fiese Millicent." Schon klar, befreundet waren wir zwar erst seit einer Woche, aber sie hatte ihren schlechten ersten Eindruck schnell wieder wettgemacht, anders als die Besitzerin dieser Frühstückspension, die in puncto Boshaftigkeit jedes Mal, wenn wir ihr begegneten, noch einen draufsetzte.

Charles ließ sich neben mir auf dem Bett nieder und legte mir einen Arm um die Schultern. „Wir finden ihn, das verspreche ich dir. Aber zuerst sollten wir versuchen, die Angelegenheit mit deiner Großmutter zu klären, okay?"

Ich nickte. „Du hast völlig recht. Eins nach dem anderen."

„Ganz genau." Er erhob sich wieder, um seine Aktentasche zu holen.

„Also, du siehst zu, was du mit den Infos, die sie dir geschickt hat, in Erfahrung bringen kannst, und ich überprüfe, ob Großmutter irgendwelche Spuren in den sozialen Medien hinterlassen hat."

„Mami!" Paisley bellte kurz auf, um meine Aufmerksamkeit zu erregen. „Darf ich bitte ein wenig nach draußen gehen, um zu spielen?"

„Natürlich." Ich öffnete ihr die Tür und sah ihr hinterher, wie sie in Richtung Sandstrand lief. „Ich denke, ich gehe kurz mit. Einfach, um sie im Auge zu behalten", sagte ich zu Charles. „Melde dich, wenn du etwas herausgefunden hast, okay?"

Er hob zustimmend die Daumen. Sein Laptop befand sich schon eingeschaltet auf seinem Schoß, bereit zur Recherche. Es mochte ja möglich sein, den Mann aus seinem Büro herauszuholen, aber das Büro aus ihm herauszubekommen … das war definitiv eine andere Geschichte. Aber egal. Seine juristischen Fähigkeiten waren uns schon oft von Nutzen gewesen, und vielleicht würden sie uns auch heute den Tag retten, denn ich wäre untröstlich, wenn wir Katahdin unverrichteter Dinge wieder verlassen müssten. Unser Ziel war, Großmutter aufzuspüren, und das würde uns auch gelingen.

Als ich mich dem See näherte, entdeckte ich Paisley, wie sie gerade dabei war, ein Loch im Sand zu buddeln. Sie bemerkte mich nicht einmal.

„Was hast du denn gefunden?", erkundigte ich

mich, als sie den Kopf zurückzog und ich einen kleinen, schwarzen Gegenstand in ihrer Schnauze sah.

„Nur einen besonders schönen Stein", murmelte sie und ließ dabei versehentlich ihre Beute fallen. Überrascht kläffte sie auf, schnappte ihn sich wieder und rannte schwanzwedelnd davon. Eigentlich war ich mir ziemlich sicher, dass Gradmas Hund gerade eine Muschel zutage gefördert hatte, ohne die geringste Ahnung zu haben, was sie damit anstellen konnte. Es war ihr ja nicht möglich, die harte Schale zu knacken, um an das Fleisch im Inneren zu gelangen.

Schulterzuckend setzte ich meinen Weg in Richtung Steg fort. Was auch immer die kleine Maus vorhatte, zumindest war sie glücklich. Manchmal beneidete ich sie um ihre Fähigkeit, aus jeder Situation das Beste zu machen.

Mir hingegen fiel es schwer, den Kopf auszuschalten und nicht immer darüber nachzugrübeln, was als Nächstes kommen könnte. Besonders jetzt.

Zwar hatte ich Charles versprochen, nochmals in den sozialen Medien zu stöbern, aber in erster Linie aufgrund meines schlechten Gewissens, weil er sich so engagierte und ich nur Däumchen drehend herumsaß.

Aber eigentlich hatte ich das bereits getan, sobald

ich ihren aktuellen Namen und Aufenthaltsort erfuhr. Auch schon zuvor, aber Jones war nicht gerade ein ungewöhnlicher Nachname. Dann endlich, gestern Abend, als ich eigentlich in der Badewanne entspannen wollte, war es mir gelungen, das richtige Profil zu finden.

Leider hatte meine Großmutter in all den Jahren, in denen es Facebook und Ähnliches schon gab, kein einziges Foto von sich veröffentlicht. Selbst ihr Profilbild war ein Gänseblümchen. Und auch ihren Status hatte sie so gut wie nie aktualisiert. Ihr letzter Eintrag lag ungefähr acht Monate zurück – ein Kommentar zu einer Fernsehsendung auf einem Kanal, von dem ich noch nie etwas gehört hatte.

Als ich sie jetzt erneut aufrief, erwartete ich nichts Neues.

Aber ... kaum zu glauben!

Sie hatte doch tatsächlich vor weniger als einer Stunde ein Update gepostet, ungefähr zu der Zeit, als wir von ihrem Haus weggefahren waren. *Oha.*

„Nichts geht über Sonne und Sandstrände! Hallo, San Francisco!", hatte sie geschrieben und dazu ein Foto der Golden Gate Bridge eingestellt.

Na, klasse! War sie tatsächlich auf der anderen Seite des Kontinents?

Was für ein Pech.

Aber natürlich, Kalifornien machte Sinn. Sie besaß eine Nummer mit einer kalifornischen Vorwahl. Vielleicht hatte sie vor, wieder dorthin zu ziehen und erneut ihren Namen zu ändern.

Dann würde ich sie nie mehr finden.

Gedankenlos scrollte ich durch meinen eigenen Newsfeed, völlig frustriert über die Wendung der Ereignisse. Wie bloß sollte ich das Charles beibringen, vor allem, wenn man bedachte, dass ich nur aufgrund dieses Trips meinen Verlobungsring verloren hatte? Und das noch nicht einmal eine Woche, nachdem er um meine Hand angehalten hatte.

Meine Güte! Ich war die schlechteste Verlobte aller Zeiten.

Tränen schossen mir in die Augen und ich versuchte gar nicht erst, sie zurückzuhalten. *Blödes San Francisco*, dachte ich, und suchte nach jemand anderem als mir, dem ich die Schuld in die Schuhe schieben konnte.

Dann, aus welchem Grund auch immer, navigierte ich zurück zu ihrem Profil, um mir das Bild noch einmal genauer anzusehen. Vielleicht wollte ich mich einfach nur in meinem Unglück suhlen, vielleicht aber war mir auch unbewusst aufgefallen, das etwas damit nicht stimmte.

Und dann entdeckte ich es. Um das Foto posten zu können, musste sie ins Internet gehen. Und sie hatte sich keineswegs in San Francisco eingeloggt, sondern im Golden Wok in Katahdin, Maine.

Das war ja nicht zu glauben!

Sie war hier, verleugnete jedoch ihre Anwesenheit.

Als sie versuchte, die Golden-Gate-Brücke hochzuladen, musste Geo-tag nahe gelegene Einrichtungen mit ähnlichen Namen aufgelistet haben. Und meiner Großmutter war das nicht aufgefallen.

Aber warum tat sie so, als wäre sie nicht in der Stadt?

„Hallo, Mami!", rief Paisley, rauschte an mir vorbei, senkte den Kopf, um eine rosa Muschel aufzusammeln, und rannte erneut davon.

„Hallo", erwiderte ich zerstreut. Sie war also vor Ort, und anscheinend wusste sie, dass ich nach ihr suchte, wollte mich vorsätzlich in die Irre führen. Aber nicht mit mir! Ich würde nicht nach Hause zurückkehren, ohne sie zumindest einmal getroffen zu haben. Vielleicht wollte sie mich danach nie wieder sehen – und diese Möglichkeit schmerzte zutiefst –, aber ich musste es zumindest versuchen.

Lieber endete unser Kennenlernen in einer Katastrophe, als diese Ungewissheit noch ewig mit mir herumzuschleppen.

Jetzt musste ich nur noch Charles erzählen, was ich herausgefunden hatte, und dann konnten wir unsere nächsten Schritte planen.

15

Als ich Charles meine Entdeckung über die falsche Fährte mitteilte, die Großmutter gelegt hatte, ließ ich noch so ganz nebenbei einfließen, wie sehr ich mir wünschte, Pringle wäre jetzt hier, um uns bei der Umsetzung unseres Plans zu unterstützen.

Und Octocat schluckte den Köder samt Haken, Schnur und Senker.

„Der Hund und ich sind besser, als dieser betrügerische Waschbär es jemals sein könnte", knurrte er und bestand darauf, die Dinge ab jetzt selbst in die Hand zu nehmen.

Wir fuhren zurück zu dem Wohnungskomplex und ich beobachtete, wie die beiden aus dem Wagen hüpften und davonstoben, um ihre streng geheime

Aufklärungsmission zu starten. Octocat hatte erklärt, dass er nur die allernötigsten Basics seines Einsatzes mit uns teilen würde. Und mir dann auch wirklich nur knapp erklärt, was wir zu tun hätten.

Charles langte zu mir herüber und streichelte mir übers Knie.

Mit wachsender Beunruhigung schloss ich die Tür, damit er uns um die Ecke und außer Sichtweite bringen konnte.

Der Teil des Plans, in den ich eingeweiht war, sah vor, dass er und ich langsam mehrmals um den Block fuhren, während die Tiere ihren Auftrag, meine vermisste Großmutter aufzuspüren, erledigten.

„Liege ich falsch damit, dass ich mir wünschte, der Waschbär wäre jetzt hier?", fragte Charles mich ein wenig später und grunzte leicht. „Das, was er auf die Beine stellt, ist zumindest interessant."

Inzwischen hatten wir mindestens ein Dutzend Mal die Nachbarschaft durchkämmt, und die Anwohner fingen an, uns misstrauisch zu beäugen. Lange konnte es nicht mehr dauern, und sie würden die Polizei rufen.

„Ehrlich gesagt habe ich Pringle nur erwähnt, damit Octocat denkt, es war seine Idee, uns zu helfen", erwiderte ich lachend. „Von daher – ja, wenn du glaubst, seine Anwesenheit würde irgendetwas bringen. Und du musst dir ja auch nicht sein ewiges Geschwätz anhören, so wie wir anderen. Wusstest du übrigens, dass er auf unserem letzten Trip so fasziniert von dem Trucker-Slang war, dass er inzwischen genauso redet die diese Typen?"

Charles brach in schallendes Gelächter aus. „Machst du Witze? Warum hast du mir das nicht schon früher erzählt?"

„Weil ich immer noch die Hoffnung hatte, ihm das wieder austreiben zu können. Er benutzte nur noch Ausdrücke wie Smokeys und Ten Fours und was auch immer. Ich verstehe nicht mal die Hälfte von dem, was er sagt."

„Hm. Das wirft die Frage auf, ob du auch Tiere verstehen könntest, die eine fremde Sprache sprechen. Beispielsweise ...‟

„Stopp. Halt an!", rief ich, als ich in dem schwarzen, schwanzwedelnden Fleck auf dem Bürgersteig Paisley ausmachte, die in unsere Richtung bellte.

„Mami! Mami! Mami!", hörte ich sie schreien, sobald ich die Autotür öffnete.

Behände sprang ich nach draußen, während Charles mir noch hinterherrief: „Ich parke den Wegen und komme nach."

„Was ist los, Paisley?" Der kleine Hund sprang in meine Arme und leckte mir freudig übers Gesicht.

„Wir haben sie entdeckt! Wir haben deine Großmutter gefunden", kläffte sie aufgeregt. „Los, komm mit!"

Damit befreite sie sich aus meinem Griff und sprintete volle Kanne los. Ich warf noch einen schnellen Blick zurück, um mich zu vergewissern, dass Charles uns folgte, bevor ich dem aufgeregten Fellgeschoss hinterherjagte.

Wie dankbar war ich in diesem Moment, dass Grandma mich gezwungen hatte, an meiner Fitness zu arbeiten und regelmäßig mit Cujo, dem Hund ihrer Freundin, joggen zu gehen. Allerdings hatte der Husky stets ein gemäßigteres Tempo vorgelegt als dieser wild gewordene Miniaturhund, mit dem mitzuhalten mir mehr als schwerfiel.

Zudem schien sie sich auch nicht sonderlich um die Hindernisse zu kümmern, die sich uns in den Weg stellten, schlüpfte einfach darunter hindurch oder sprang darüber hinweg. Ich hatte da deutlich mehr Probleme. Das Erste, worüber ich stolperte, war ein Sprinkler, der mich auf eben den Rasen stürzen ließ, der dem mürrischen Typ von heute Morgen gehörte. Das war mal wieder typisch für mich!

Mühsam kämpfte ich mich zurück auf die Füße, aber es dauerte nicht lange, bis ich kopfüber in einen Himbeerbusch krachte.

Paisley schien nicht einmal zu bemerken, mit welchen Herausforderungen ich zu kämpfen hatte oder wie weit ich schon zurückgefallen war. Ihre kleinen Beine waren beinahe unsichtbar, so schnell schleuderte sie sie beim Sprinten und Hüpfen in die Luft.

Ich bemühte mich, sie nicht aus den Augen zu verlieren, was mich wiederum nicht auf meinen Weg achten ließ. Also prallte ich als Nächstes gegen eine Reihe von Mülltonnen und stieß mir anschließend das Knie an einem Zaunpfosten.

Vielleicht wäre ich ihr besser mit dem Auto gefolgt, aber dafür war es jetzt ohnehin zu spät.

Aus dem Gleichgewicht geraten und völlig desorientiert, war ich mehr als erleichtert zu sehen, dass die Kleine nicht mehr vorwärts stürmte. Mittlerweile zog sie enge Kreise hinter einem der Wohnhäuser.

„Mami! Mami!", brüllte sie. Hier ist es! Das ist der Ort!"

Und da war sie tatsächlich, meine Großmutter. Sie saß an einem kleinen Terrassentisch, gemeinsam mit meinem Kater, der sich einen Krabbencocktail munden ließ. Benommen stand ich da, mein Mund öffnete und schloss sich wieder, ohne dass ich einen Ton herausbekam. Und übergeben sollte ich mich besser jetzt auch nicht, das würde keinen guten Eindruck hinterlassen.

Octocat blickte zu mir auf, gähnte, und leckte sie die Soße von der Pfote.

„Angela", schnurrte er. „Das ist deine Oma Lyn. Lyn, Angela."

„Hallo, Angela", entgegnete Lyn, fast so, als würde sie Octocat antworten. „Bitte entschuldige, dass ich dich so an der Nase herumgeführt habe, Liebes. Ich ... Ich hatte einfach schreckliche Bedenken, du könntest enttäuscht von mir sein, und den Gedanken einer Zurückweisung konnte ich einfach nicht ertragen."

Diese Worte brachen mir beinahe das Herz. Sie hatte also genauso viel Angst vor einem Treffen gehabt wie ich.

Aber bevor ich etwa darauf erwidern konnte, fuhr sie fort. „Jemand gab mir den Tipp, dass du auf dem Weg zu mir bist, und als dann auch noch deine Freundin ... ähm, wie war doch gleich noch mal ihr Name?"

„Sharon", antwortete mein Kater an meiner Stelle.

„Ah richtig, Sharon", sagte Lyn, als ob sie Octocat verstanden hätte. „Der Reality-Star, der mich so genau unter die Lupe nahm, war nicht gerade feinfühlig. Also war ich vorgewarnt, dass du nach mir suchst. Als ich dich und deinen Bekannten so lange im Auto sitzen sah, wusste ich, dass du es sein musstest."

Sie schenkte sich noch ein Glas Eistee ein und legte meinem Tiger ein paar weitere Krabben auf den Teller.

„Und in dem Moment, als du aus dem Wagen ausgestiegen bist, bestand kein Zweifel mehr. Die Familiengene sind extrem stark. Du siehst meiner Schwester so ähnlich, als diese jung war. Aber das ist sicher nicht der Hauptgrund, warum du hergekommen bist, oder?"

„Natürlich nicht", entgegnete mein Kater und schob sich eine weitere Garnele ins Maul. „Wir würden zu gerne wissen, warum dein Mann beschlossen hat, dir dein Kind wegzunehmen und abgehauen ist."

Bei seiner Unverblümtheit zuckte ich zusammen.

„Entspann dich, Angela. Ich weiß, wie Katzen sein können", sagte Lyn, schnalzte mit der Zunge und legte den Kopf schief. „Und nur fürs Protokoll: Du hast recht, Octavius. Ich habe meine geliebte kleine Laura verloren, weil ihr Vater mir nicht glauben wollte, als ich ihm sagte, ich könne mit Tieren sprechen. Welch eine Tragödie."

Oha. Ich hatte noch nicht einmal ein *Hallo* herausgebracht, da hatte sie mir bereits ihr großes Geheimnis verraten.

Ein Geheimnis, das wir teilten.

Bedeutete das etwa …? Konnte ich mit Tieren reden, weil sie es ebenfalls konnte? Darüber wollte ich unbedingt mehr erfahren.

16

Ein paar Minuten später reichte Lyn mir ein altes Foto und ein frisches Glas Eistee. Dann stellte sie ein weiteres vor Charles hin, der mittlerweile ebenfalls eingetroffen war, lehnte sich in ihrem Stuhl zurück und nahm Octocat auf ihren Schoß.

Beinahe rechnete ich damit, dass dieser sich wehren würde, er jedoch rollte sich einfach zusammen und begann zu schnurren.

„Das ist deine Mutter", sagte sie mit Wehmut in der Stimme. „Es war das einzige Bild, das ich viele Jahre lang von ihr hatte, bis ich sie eines Tages in den Nachrichten entdeckte. Es gibt so vieles in euren Leben, was ich verpasst habe. Aber ich kann es auch verstehen. Dein Großvater war kein schlechter Mensch. Er hatte einfach Angst."

Ich nickte zustimmend. Wie sehr liebte ich es, ihrer Stimme zu lauschen. Sie hätte ewig so weiterreden können.

„Alles fing damit an, dass ich einen Job in einem Diner annahm, um mir mein Studium zu finanzieren", fuhr Oma Lyn fort. „Jimmy, der Besitzer, war ein guter Kerl, aber auch ein elender Geizkragen." Sie sah mich über den Rand ihrer Brille hinweg an, und ich lachte. „Er wollte jede noch so kleine Sache selbst wieder in Ordnung bringen und hielt die Leute, die Reparaturwerkstätten betrieben, für ausgemachte Verbrecher, die hart arbeitenden Menschen wie ihm das sauer verdiente Geld aus der Tasche ziehen wollten.

Als also das Stromkabel unserer Industriekaffeemaschine einen heftigen Knick aufwies, kümmerte er sich selbst darum. Sie funktionierte anschließend zwar nicht mehr sonderlich gut, aber seine Devise lautete eben: Billig ist besser als gut. Irgendwann verpasste mir das Ding einen heftigen Stromschlag, und ich wurde ohnmächtig. Als ich wieder zu mir kam, fand ich die Welt viel lauter als zuvor."

„Mir erging es ganz genauso!", quietschte ich,

sprang auf und tippte mir mit dem Daumen auf die Brust. „Das ist ja nicht zu fassen!"

Meine Oma lachte. „Ja. Plötzlich sprach jedes Tier zu mir, aber das Problem war, dass nur ich verstehen konnte, was sie sagten. Natürlich versuchte ich, meine neu gewonnene Fähigkeit so lange wie möglich geheim zu halten, aber du weißt ja selbst, wie das ist: Wenn die Tiere wissen, dass du sie verstehen kannst, lassen sie dich nicht mehr in Ruhe

Wie auch immer, zumindest anfangs gab William sich sehr verständnisvoll. Schließlich waren wir erst kurze Zeit zusammen, und er führte es auf den Stress zurück – damals war ich bereits in anderen Umständen – oder eben auf so eine *Frauensache*. Und die Ärzte stimmten ihm zu. Sie tippten auf eine Art schwangerschaftsbedingter Hysterie. Immerhin waren die Zeiten damals noch ganz anders. Als unverheiratete werdende Mutter wurde man ziemlich schief angeschaut. So tat William genau das Richtige und hielt um meine Hand an. Unser Hochzeitstermin stand bereits fest, als ihm verstärkt bewusst wurde, dass ich mit Hunden und Katzen redete. Ab da fand er einen Grund nach dem anderen, den Termin zu verschieben. Irgendwann zog er in verstärktem Maße die Herren Doktoren hinzu, und das Ende vom Lied war, dass ich strikte Bettruhe halten musste und mit wer weiß welchen Medikamenten ruhiggestellt wurde.

Ich erinnere mich kaum noch daran, wie ich Laura auf die Welt brachte. Und kurz darauf gab er Laura ja auch schon weg und versuchte, mir einzureden, ich hätte mir die Schwangerschaft nur eingebildet. Aber, wie gesagt, ich kann ihm nicht böse sein. Er dachte, er würde mir helfen. Wenn er mich nicht geliebt hätte, hätte er mich nicht einweisen lassen, sondern wäre einfach abgehauen. Und obwohl wir nie offiziell geheiratet haben, hielt er stets zu mir. Versuchte, mich auf seine Art zu heilen, damit ich die Stimmen, die seiner Meinung nach nur in meinem Kopf existierten, loswurde."

Unter dem Tisch drückte ich Charles' Hand.

Großmutter fuhr fort, aber ihre Augen blieben trocken. So tragisch diese Geschichte auch war, hatte sie sich anscheinend schon vor langer Zeit damit abgefunden, wie ihr Leben verlaufen war.

„Zehn Jahre lang war ich immer wieder Dauergast in irgendwelchen medizinischen Einrichtungen und erhielt eine Diagnose nach der anderen: Schizophrenie, multiple Persönlichkeitsstörung, Psychosen, Realitätsverlust und so weiter. Jeder Arzt hatte etwas Neues hinzuzufügen.

Irgendwann landeten wir ausgerechnet in Kalifornien, wo es mir sogar gelang, mit einem Wüsten-Baumwollschwanzkaninchen zu sprechen. Da endlich wurde mir klar, dass ich nicht verrückt war, egal wie lange die Ärzte und mein Freund auch versucht hatten, mir das einzureden.

Also brach ich aus dem Krankenhaus aus, in dem ich mich gerade befand, und machte mich aus dem Staub. Damals war das noch wesentlich einfacher als heute, es gab keine Handys, keine elektronische Kreditkartenüberwachung. Es brauchte schon akribische Detektivarbeit, um jemanden aufzuspüren, der nicht gefunden werden wollte. Sicher, auf meinem weiteren Weg gab es immer wieder Stolpersteine – ein paar Verhaftungen, kritische Situationen, wenn jemand etwas über meine Fähigkeiten herausfand. Irgendwann jedoch hatte ich gelernt, sie vor der Welt zu verbergen und konnte ein relativ normales Leben führen. Schön war es nicht, aber zumindest war ich raus aus den Kliniken und Psychiatrien.

Natürlich plagte den alten William sein schlechtes Gewissen, und schließlich spürte er mich in einer kleinen Stadt nahe der Grenze zwischen Florida und Georgia auf. Er gab mir dieses Bild von Laura und dankte mir, dass ich ihn gehen ließ, damit er jemand anderen finden konnte. Er sagte, er würde mich zwar noch immer lieben, aber wir seien nicht füreinander bestimmt.

Danach sah ich ihn nie wieder, aber da ich jetzt wusste, dass deine Mutter irgendwo da draußen war, hatte ich wieder ein neues Ziel vor Augen. Ich zog von Stadt zu Stadt, nahm jede Arbeit an, die ich finden konnte, und freundete mich mit allen möglichen Tieren an, die mir zu helfen versuchten, meine Tochter zu finden. Deshalb auch die vielen Flamingos vor meinem Haus. Jeder von ihnen steht stellvertretend für einen Freund, den ich auf diesem Weg gefunden habe. Natürlich werden wilde Flamingos nur etwa zwanzig Jahre alt, also ist diese Ausstellung leider eher eine Art Gedenkstätte."

Sie beugte sich nach vorne und verschränkte die Finger. „Angela. Ich weiß nicht, wie ich es dir sagen soll, aber wenn man diese Gabe hat, ist man zu einem einsamen Leben verdammt. Sicher, man kann sich mit Tieren unterhalten, aber die menschlichen Beziehungen, die deinem Dasein einen Sinn geben, bleiben auf der Strecke. Deshalb hatte ich auch so sehr Angst, du könntest mich ablehnen. Niemand will eine verrückte alte Frau in seinem Stammbaum haben."

„Ich schon", versicherte ich ihr, während Tränen meine Sicht trübten. „Mehr als alles andere."

„Ach, mein Schatz. Als Octavius vorhin andeutete, dass du und ich mehr als nur eine zufällige genetische Übereinstimmung hätten, keimte in mir die Hoffnung auf, dass ich vielleicht, aber auch nur vielleicht, meine Familie wiedergefunden haben könnte."

Ich bedachte sie mit einem Lächeln, das anfangs nur meine Mundwinkel umspielte und sich dann über mein ganzes Gesicht ausbreitete. Wie gebannt hatte ich ihrer Geschichte zugehört, und jetzt konnte ich einfach nicht anders. Ich warf die Arme um sie und zog sie zu mir heran.

Die allererste Umarmung, der hoffentlich noch viele weitere folgen würden.

„Was bin ich froh, dich endlich gefunden zu haben", flüsterte ich und wollte sie gar nicht mehr loslassen.

„Danke, dass du nicht aufgegeben hast. Immerhin habe ich es dir nicht gerade einfach gemacht."

„Bei Gelegenheit würde ich dir gerne mal etwas über die Sicherheit sozialer Medien erzählen. Damit du das nächste Mal, wenn du dich vor jemandem verstecken willst, nicht denselben dummen Fehler machst." Ich erklärte ihr, wie ich herausfinden konnte, dass sie gar nicht verreist war, und gemeinsam brachen wir in schallendes Gelächter aus.

Dann saßen wir noch stundenlang auf der alten, morschen Veranda zusammen und erzählten uns viele Geschichten, beispielsweise, was Charles und ich uns von unserer Hochzeit erhofften. Und natürlich erinnerten wir uns an all die seltsamen und wundervollen Tiere, die unser Leben so sehr bereichert hatten und es nach wie vor taten.

„Versprichst du, morgen wiederzukommen?", fragte Oma zum Abschied nach einem köstlichen Abendessen mit gegrilltem Hühnchen und Gemüse.

„Du könntest sie nicht davon abhalten, selbst wenn du es versuchen würdest", versicherte Charles ihr und zog mich an sich.

„Das weiß ich eigentlich schon", antwortete Großmutter Marilyn. „Ich habe es ja bereits versucht und bin gescheitert."

Erneut brachen wir in Gelächter aus, dann wünschten wir einander eine gute Nacht. Dieser Abend hatte sich nicht wie ein erstes Treffen angefühlt, sondern wie ein Nach-Hause-kommen.

Wie Familie.

17

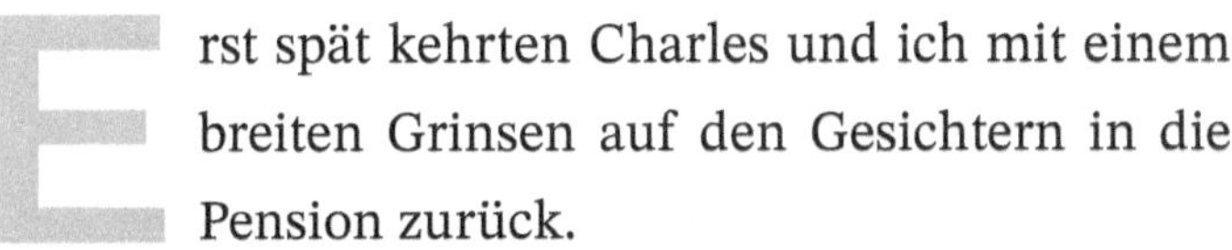

Erst spät kehrten Charles und ich mit einem breiten Grinsen auf den Gesichtern in die Pension zurück.

„Was für ein Tag!", seufzte er.

„Ja", erwiderte ich. Mehr gab es dazu nicht zu sagen. Dafür hatten die Stunden mit meiner neu gewonnenen Oma schon gesorgt.

„Ich mag Oma Lyn", sagte Paisley, als ich sie auf den Arm nahm und mit ihr aus dem Auto ausstieg.

„Mich hat sie irgendwie an Ethel erinnert", merkte Octocat an.

Da wir uns nicht mehr in der Sicherheit unseres Wagens befanden und Millicent ja bereits unter Beweis gestellt hatte, dass sie dem Spionieren nicht abgeneigt war, entgegnete ich nichts darauf, sondern sah ihn nur prüfend an.

„Sekunde mal", sagte ich, an Charles gewandt und wartete.

Zum Glück zögerte Octocat nicht, fortzufahren. „Was?", fragte er und streckte sich noch einmal ganz genüsslich auf dem Rücksitz. „Sie ist eine nette, alte Dame. Eine nette, alte, relativ normale Dame. Außerdem hat sie Tee getrunken."

„Keine Ahnung, warum ich etwas Tiefgründigeres erwartet hätte", murmelte ich wie zu mir selbst.

Paisley begann, auf meinem Arm herumzuzappeln. „Was ist *tief*?"

Ich tätschelte ihr den Kopf. „Alles in bester Ordnung. Gehen wir auf unser Zimmer." Dabei blickte ich Charles an, nur für den Fall, dass Millicent uns beobachten sollte.

In diesem Moment vernahmen wir das Geräusch von knirschendem Kies, als ein weiteres Auto auf den Parkplatz einbog. Und zwar nicht irgendeines – nein, ein Streifenwagen.

„Ich rieche Ärger", sagte mein Kater mit einem diabolischen Grinsen, sprang nun ebenfalls heraus und reckte den Hals, um besser sehen zu können, obwohl er sich hinter meinen Beinen versteckte. Wie üblich war er scharf auf ein Drama.

Und dann kam auch schon Millicent aus dem Eingangsbereich gestürmt und wedelte mit den Armen. „Officer, hierher Officer! Das sind die beiden!" Anscheinend hatte sie sehr viel Zeit in ihr Äußeres investiert, denn sie war stark geschminkt und trug jede Menge Schmuck. Sie hatte uns definitiv erwartet.

Der Polizist quälte sich hinter dem Steuer hervor und erreichte eine beeindruckende Größe. Gut und gerne zwei Meter, wenn ich schätzen müsste. Er steckte die Daumen in seine Gürtelschlaufen und näherte sich Charles und mir.

Paisley fing erneut an, wie wild zu zappeln, aber nicht aus Angst, sondern weil sie den Neuankömmling unbedingt begrüßen wollte.

Der Typ, eindeutig ein Hundemensch, streckte seine große Hand nach ihr aus und kraulte sie mit seinen dicken Fingern kurz unter dem Kinn. Dann zog er sie zurück und betrachtete prüfend meinen Verlobten. „Haben Sie Mrs Strobel Ärger bereitet?"

„Nein, Sir", antwortete Charles und rührte sich keinen Millimeter von der Stelle. Er war überhaupt weitaus ruhiger und gelassener, als ich es in einer derartigen Situation jemals sein könnte.

„Soll das ein Witz sein?", platzte ich heraus.

Millicent kam angerannt und schrie: „Ja, genau

das haben sie. Sich nämlich geweigert, mein Haus zu verlassen, als ich sie darum bat. Deshalb möchte ich, dass Sie die beiden von meinem Grund und Boden entfernen!"

Der Beamte ließ den Blick zwischen uns hin und her wandern und entschied sich letztendlich, das Verhör mit Charles fortzusetzen, der ihm der Vernünftigere zu sein schien. „Möchten Sie mir vielleicht erzählen, was sich heute hier zugetragen hat?", fragte er und zog ein Notizbuch hervor, das in seinen übergroßen Händen lächerlich klein wirkte.

Dazu war der natürlich nur zu gerne bereit. „Der Ring meiner Verlobten ist verschwunden", erklärte er, wobei er darauf achtete, nicht so sehr mit den Händen herumzufuchteln, wie er es üblicherweise tat. „Als wir sein Fehlen gestern Abend bemerkten, haben wir uns direkt an Mrs Strobel gewandt."

Der Polizist nickte. „Und dann?"

„Heute Nachmittag – wir kamen gerade von einem Treffen mit einem Freund zurück – fing uns Mrs Strobel vor der Pension ab und fragte uns, wo wir gewesen seien und ob wir etwas Illegales getan hätten. Dann beschuldigte sie uns, den Ring selbst entwendet zu haben. Offensichtlich hatte sie vergessen, dass wir es waren, die ihn am Vortag als gestohlen gemeldet hatten. Als wir sie freundlich darauf hinwiesen, unterstellte sie uns die Absicht, ihr etwas anhängen zu wollen, sozusagen einen geplanten Versicherungsbetrug. Bitte seien Sie versichert, dass das eine üble Verleumdung war."

Der Polizist zog eine Augenbraue hoch. „Was geschah dann?"

„Sie verlangte, dass wir auf der Stelle abreisen sollten, aber da wir das Zimmer für zwei Nächte gebucht hatten, sahen wir natürlich keine Veranlassung, vor Ablauf dieser Zeit auszuchecken. Außerdem wollte meine Verlobte nicht gehen, nicht bevor ihr Ring wieder aufgetaucht war."

„Aha. Und wie ging die Geschichte weiter?" Er warf einen Seitenblick auf Millicent, die Charles mit unverhohlenem Hass anstarrte.

„Wir aßen gemeinsam mit einer Freundin auf unserem Zimmer zu Mittag und sind anschließend wieder losgefahren, um die Person zu besuchen, die wir am Morgen nicht erreicht hatten. Zurückgekommen sind wir gerade ein paar Minuten vor Ihrem Eintreffen", schloss er.

Millicent deutete mit dem Finger auf uns. Die Ärmel ihrer übergroßen, mintfarbenen Seidenbluse bauschten sich im Wind. „Haben Sie das gehört? Sie haben zu viele Freunde! Ich traue ihnen nicht über den Weg!"

Der Officer änderte ganz leicht seine Haltung, so dass er jetzt der alten Dame gegenüberstand. „Ma'am, haben Sie irgendwelche Beweise, dass Ihre beiden Gäste das Verschwinden des Verlobungsrings nur vorgetäuscht haben?"

Sie klopfte sich wütend auf den Unterleib. „Das brauche ich nicht. Ich spüre es direkt hier. Mein Bauchgefühl hat mich noch nie betrogen!"

Der Beamte presste die Lippen zu einem festen Strich zusammen. „Leider funktioniert das Gesetz so nicht. Ohne konkrete Beweise kann ich Ihrer Bitte nicht nachkommen. Außerdem habe ich den Eindruck, dass Sie es sind, die im Unrecht ist."

Millicent fiel die Kinnlade herunter. „Wie bitte?", stammelte sie keuchend. Ich vermute, dass weder ihr Gehirn noch ihre Lungen in diesem Moment viel Sauerstoff abbekamen.

„Einfach ausgedrückt, Sie belästigen rechtschaffende Bürger."

Sie schüttelte nur den Kopf, offensichtlich zu wütend, um zu widersprechen, was mir nur recht war.

„Es gibt da allerdings noch etwas anderes", schaltete Charles sich erneut ein, der sich endlich wieder getraute, gestikulierend zu sprechen. „Ein Fall von grober Fahrlässigkeit. Es handelt sich um die Türen in unserem Zimmer ...“

Mit einem süffisanten Grinsen lauschte ich, wie er die Probleme mit der Vorder- und der Glasschiebetür schilderte. Anschließend reichte er auch noch eine offizielle Klage wegen des verschwundenen Ringes ein.

Irgendwann stürmte Millicent davon. Wenn sie uns nicht schon vorher gehasst hatte, dann mit Sicherheit nach dieser Aktion.

Charles und ich machten uns lachend auf den Weg zu unserem Zimmer. Nicht einmal die lächerlichen Eskapaden der Alten konnten uns diesen wundervollen Tag mit meiner Oma vermiesen.

„Dieser Plan ist wohl nach hinten losgegangen, was?“, fragte er mit einem Augenzwinkern.

„Allerdings, in ganz großem Maße!“ Ich kicherte. „Und ich habe jeden einzelnen Moment davon genossen.“

Plötzlich rannte Paisley bellend nach vorne. „Verschwinde, du blöder Rüpel!“

Kurz darauf sah ich etwas orangefarbenes aufblitzen und in der Nacht verschwinden.

„Paisley!“ Ich hob sie nahe an mein Gesicht und ließ mir von ihr die Wange lecken. „Ich bin so stolz auf dich! Du hast ihn ganz allein in die Flucht geschlagen."

„Und lass dich hier bloß nicht mehr blicken!", brüllte sie ihm noch hinterher, offensichtlich sehr zufrieden mit sich und der Welt.

„Das war mal wieder ein mehr als seltsamer Trip", sagte Charles, als wir unser Schlafzimmer erreichten. Wie immer stand die Schiebetür ein Spalt breit offen.

„Seltsam, aber auch wieder irgendwie gut", fügte ich hinzu.

Er nickte zustimmend.

„Aber wenn wir Oma Lyn das nächste Mal besuchen, sollten wir besser woanders übernachten, oder?", hakte er nach.

Ich ergriff seine Hand und drückte einen Kuss darauf. „Definitiv."

Und ich wusste auch schon ganz genau, wo. Sie hatte uns bereits eingeladen und versichert, dass wir bei ihr jederzeit willkommen wären.

Wer brauchte schon eine gerade mal mittelmäßig bewertete Pension, wenn man Familie hatte?

18

„Trotz aller Missstände gibt es eine Sache, die ich nach unserer Abreise vermissen werde", sagte Charles, nachdem wir uns nach der stressigen Begegnung auf dem Parkplatz einen Moment der Ruhe gegönnt hatten, um wieder etwas runterzukommen.

„Aha." Erwartungsvoll drehte ich mich zu ihm um. „Und die wäre?"

Seine Lippen verzogen sich zu diesem typischen Lächeln, das ich so sehr an ihm liebte. „Die Nähe zum Strand und zum See."

„In Glendale gibt es gefühlt eine Million Strände", erinnerte ich ihn und rümpfte scherzhaft die Nase.

„Schon, aber keiner liegt direkt vor unserer Haustür." Er stand auf und reichte mir die Hand. „Wie wäre es mit einem letzten Spaziergang im Mondschein?"

„Oh, du hoffnungsloser Romantiker, du", neckte ich ihn. Sharon hatte recht. Ich war in der Tat die glücklichste Frau der Welt.

Wieder einmal blind vor Liebe folgte ich ihm nach draußen, wo ich nach wenigen Schritten stolperte und zu stürzen drohte.

Zum Glück fing mein Ritter in glänzender Rüstung mich auf, bevor ich lang hinschlug.

„Was war das denn?", fragte ich verwundert und blickte zurück, konnte jedoch nichts erkennen.

Charles zog sein Handy hervor und ließ den Lichtstrahl über einen kleinen Haufen Strand-Nippes wandern.

„Nur etwas Strandgut", sagte er achselzuckend. „Oder wie auch immer man das Zeug auch bezeichnet."

„Warte", rief ich, als der das Telefon schon wieder wegstecken wollte. „Leuchte noch mal drauf, aber dieses Mal etwas langsamer."

Er tat, worum ich ihn gebeten hatte, und bewegte das Licht ganz langsam von Objekt zu Objekt, bis es an einem glänzenden schwarzen Stein hängenblieb.

Nein, nicht an einem Stein.

„Das ist eine Muschel, richtig?", fragte ich und erinnerte mich wieder an die Szene vom Vormittag mit Paisley.

Wieder zuckte er mit den Achseln. „Ja, kann gut sein."

Ich deutete auf ein rosafarbenes Objekt. „Und das ebenso, oder?"

„Ja, bei der bin ich absolut sicher." Er stupste mich spielerisch in die Seite, aber ich war zu sehr auf unseren Fund fokussiert, um seine kleine Alberei zu erwidern.

„Paisley!", rief ich in die Nacht und in Richtung unseres Zimmers, das nach wie vor in Sichtweite war. Der kleine schwarze Hund schlüpfte durch die Glastür und kam auf uns zugerannt.

„Ja, Mami?", fragte sie, ein Ohr groß und spitz nach oben gerichtet, das andere nach vorne geklappt.

„Gehören all diese Sachen dir?" Ich deutete auf den umgestoßenen Stapel.

„Meine Schätze!", heulte sie auf und eilte darauf zu, um sich auf ihnen zu wälzen. „Was ist denn passiert?"

„Das habe ich mir gedacht. Fall gelöst. Na ja, zumindest so gut wie. Komm, Charles, wir müssen mit Octocat reden."

Paisley jedoch wimmerte und weigerte sich, uns zu folgen: „Nein, bitte erzähl ihm nichts von meinen Kostbarkeiten. Ich will nicht, dass er sie mir klaut, so wie er es zu Hause immer macht."

„Ich verspreche, dass ich ihm nichts von deinem geheimen Vorrat erzählen werde", versicherte ich dem verzweifelten Hündchen.

Daraufhin trottete sie mir hinterher, wenn auch widerstrebend.

„Was ist denn los?", wollte Charles wissen, als wir uns der Pension näherten.

„Ich habe da so eine Ahnung, was mit meinem Ring passiert sein könnte", erklärte ich ihm und riss die Tür zu unserem Zimmer weit auf.

„Was wollt ihr denn jetzt schon wieder?", murrte mein Kater. „Ich dachte, ich hätte endlich mal etwas Zeit für mich allein, aber nein! Schon seid ihr alle wieder da. Die traurige Geschichte all meiner sieben Leben. Zum Kotzen!" Er stieß einen langen Seufzer aus, aber diesmal weigerte ich mich, auf sein dramatisches Getue einzugehen.

„Du bist eine Katze und hast buchstäblich jede Sekunde jedes einzelnen Tages Zeit für dich", merkte ich an.

Er schnaubte verstimmt auf, aber für mich war das Thema damit erledigt.

Als klar war, dass er sich zurückzuhalten gedachte, fuhr ich fort: „Hör mal, ich bräuchte deine Hilfe."

„War ja irgendwie klar", fauchte er und zuckte mit dem Schwanz. „Ohne mich wärst du verloren, stimmt's?"

„Stimmt. Also hilfst du mir?" Wenn das der Preis dafür war, dass ich meinen Stolz hinunterschlucken musste, war ich gerne bereit dazu. Immerhin hatte ich jetzt lange genug mit einer Katze zusammengelebt, um zu wissen, wie diese Spezies tickte. Was bedeutete, dass ich seine Reaktion voraussah.

Octocat ließ sich auf die Seite fallen und gähnte. „Gut, ich werde darüber nachdenken, aber im Moment bin ich wirklich ziemlich müde. Diese ganze Detektivarbeit und noch dazu die Mühe, dir beim Analysieren deiner menschlichen Gefühle zu helfen, war harte Arbeit. Ich brauche etwas Zeit, um mich auszuruhen und neue Energie zu tanken."

„Halt die Klappe, du!", bellte Paisley und warf die Beinchen zurück. „Wenn Mami unsere Hilfe braucht, dann werden wir sie ihr geben!"

„Paisley!", sagte ich schockiert. Sie mischte sich eigentlich nie in eine Sache ein, schon gar nicht, wenn es um den großen Katzenbruder ging, den sie vergötterte.

Octocat starrte sie aus großen, bernsteinfarbenen Augen an, und sie hielt seinem Blick stand, die glänzenden schwarzen Knopfaugen weit aufgerissen.

Ich konnte kaum fassen, was als Nächstes geschah.

„Wie auch immer", machte mein Felltiger einen Rückzieher, blinzelte matt und wandte sich erneut mir zu. „Sag mir, was ich für dich tun kann, damit wir es schnellstens hinter uns bringen können."

Um keine Zeit mit weiteren Diskussionen über eventuelle Hintergründe zu verschwenden, kam ich direkt auf den Punkt. Zuerst erläuterte ich die Theorie, die ich entwickelt hatte, nachdem ich über Paisleys Schatzhäufchen gestolpert war. Dann erklärte ich ihnen, was sie zu tun hatten.

Octocat sprang auf die Füße. „Na komm schon, Köter. Lass es uns in Angriff nehmen."

Paisley jedoch blieb wie angewurzelt stehen. „Es verletzt mich zutiefst, wenn du mich so nennst", sagte sie mit fester Stimme.

Machte der kleine Kerl Witze? Was zum Teufel ging denn hier vor sich? Mein Kater zeigte sich von seiner weichen Seite, während der Chihuahua plötzlich sehr bestimmt auftrat. Die ganze Welt schien verrückt geworden zu sein. Oder aber von diesem Ort ging eine Art seltsame Magie aus. Wer wusste das schon?

Nachdem die Tiere weg waren, hielt Charles mir erneut die Hand hin. „Nächster Versuch?"

19

„Wird jede Reise mit dir zukünftig so ablaufen?", fragte Charles und drückte mir einen Kuss auf den Handrücken.

„Ja, und aus dieser Nummer kommst du jetzt nicht mehr raus", lachte ich.

„Das macht mir nichts aus", versicherte er mir, zog mich in seine Arme und sah mir tief in die Augen. „Deine Großmutter schien wegen ihrer Gabe ein wirklich schlimmes Leben gehabt zu haben, aber ich möchte, dass du weißt, dass ich immer für dich da sein werde, egal was auch passiert."

„Vielen Dank", entgegnete ich gerührt. „Ich kann mir kaum vorstellen, was sie alles durchmachen musste. Immer allein, die ganzen Jahre über."

„Na ja, auch du musst dein Geheimnis vielleicht vor vielen anderen verbergen, hast aber zumindest eine Menge Menschen, die stets hinter dir stehen."

„Das weiß ich, und ..."

„Mami!", unterbrach mich der Ruf eines dünnen Stimmchens.

Ich löste mich von Charles und starrte angestrengt in die Dunkelheit der Nacht, wo in diesem Moment Paisley auftauchte, dicht gefolgt von Octocat.

Er hielt eine Pfote hoch und rang nach Luft. „Wir ... wir ... haben ihn gefunden. Das bedeutet ... Du schuldest mir was ... zumindest ein Hummerbrötchen!"

„Okay, und wo ist er?", fragte ich aufgeregt. Was für ein Hochgefühl! Ich konnte es kaum erwarten, dieses Verbrechen ein für alle Mal aufzuklären, nicht nur wegen des Diebesguts, sondern auch wegen des Schuldigen.

Mit Charles im Schlepptau folgte ich den Haustieren nach drinnen und wandte mich direkt der Rezeption zu, wo Millicent, mürrisch wie immer, wieder einmal in ihrem Buch las.

„Entschuldigung", sagte ich und schlug auf die Glocke auf dem Tresen.

Die Alte verdrehte die Augen und platzierte diese

außerhalb meiner Reichweite. „Verschwinden Sie“, murmelte sie und fügte ein paar gemurmelte, weniger nette Worte hinzu.

„Ich wollte Sie nur wissen lassen, dass wir den Dieb geschnappt haben, der schon seit längerem in Ihrer Pension sein Unwesen treibt“, verkündete ich mit einem selbstgefälligen Grinsen. Okay, zugegeben, ich verhielt mich in diesem Moment nicht gerade professionell, aber meine Vorgehensweise verschaffte mir die lang ersehnte Genugtuung.

„Ach, tatsächlich?“, erwiderte sie und knallte ihr Buch zu.

Anstatt die alte Frau noch mehr zu reizen, drehte ich mich um und ging hinüber zu einem antiken Schrank, vor dem meine beiden Fellnasen bereits geduldig warteten und zog an der Tür. Sie schwang auf und enthüllte ... nichts als einen leeren Schrank.

„Dahinter“, flüsterte Octocat mir zu.

„Upps“, sagte ich und schloss sie wieder. „Charles, könntest du mir bitte helfen, dieses Möbelstück ein wenig zu verrücken?“

Er nickte zustimmend, ging in die Hocke und zerrte den Schrank von der Wand weg, sodass ein großes Loch darin zum Vorschein kam. Und darin lag, einem hässlichen, flauschigen Flugdrachen gleich, eine fette, orangefarbene Katze auf einem

Berg von Wertsachen und schlief. Ganz oben auf dem Haufen befand sich mein Ring und schimmerte in seiner ganzen, ehelichen Pracht.

„Allem Anschein nach hat Ihr Kater die Sachen Ihren Gästen entwendet und hier versteckt", sagte ich, griff nach meinem Ring und ließ ihn mir von Charles wieder an den Finger stecken, wo er hingehörte.

Millicent wurde blass und japste nach Luft, bevor sie ihre Stimme wiederfand. „Bitte entschuldigen Sie. Alle beide. Ich hatte ja nicht die geringste Ahnung, dass Louis seinen Schlafplatz für so etwas so .... Was für ein böses Kätzchen!" Sie schubste ihren Kater von seinem Thron und nahm die Wertgegenstände an sich.

„Ich kann nur nochmals sagen, wie leid mir das tut, denn ich war wirklich überzeugt, meine Gäste würden lügen und versuchen, den Ruf meiner Pension in Verruf zu bringen. In erster Linie ein Bauunternehmer, der mir vor einem Jahr anbot, das Haus zu kaufen. Und weil ich damals ablehnte, dachte ich, er würde es auf diese Weise versuchen, mich aus dem Geschäft zu drängen. Das war mir eine Lehre, mich zukünftig aus den Belangen meiner Besucher herauszuhalten. Oh, ich darf gar nicht daran denken, bei wie vielen Leuten ich mich entschuldigen muss. Am besten mache ich mich gleich daran, dass all diese Dinge ihren rechtmäßigen Besitzer zurückzugeben. Vielen Dank, dass Sie mir geholfen haben, und das, nachdem ich Sie so unhöflich behandelt habe."

„Also sind wir jetzt Freunde?", fragte ich.

Ihre Miene verfinsterte sich. „Mit Ihrem Verhalten bin ich nach wie vor nicht einverstanden. Und außerdem hat Ihr Verehrer beim Verschieben des Schranks meinen Holzboden verkratzt. Die Reparaturkosten dafür stelle ich Ihnen selbstverständlich in Rechnung."

Mir fiel die Kinnlade herunter. Von säuerlich zu freundlich und wieder zurück, innerhalb von Sekunden. Manche Leute waren und blieben einfach Idioten.

„Ich mag Sie nach wie vor nicht sonderlich, aber da Sie mir geholfen haben, bin ich bereit, Sie bis morgen zum Check-out bleiben zu lassen", fuhr sie widerstrebend fort. „Aber bevor Sie nicht ordnungsgemäß verheiratet sind, möchte ich Sie hier nicht noch einmal sehen. Ich leite ein anständiges Haus. Und jetzt gehen Sie mir aus den Augen, bevor ich es mir noch anders überlege."

Kopfschüttelnd wandten wir uns zum Gehen.

Millicent wusste nicht das Geringste über uns

oder unsere Beziehung, also sollte sie glauben, was immer sie wollte ... wir mussten ihr nichts beweisen.

Und jetzt, wo ich meinen Ring wiederhatte, konnte ich dieses Wochenende als vollen Erfolg abhaken.

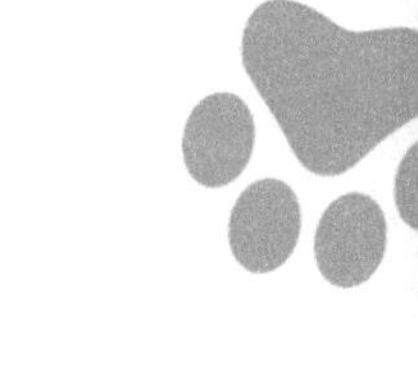

20

So gerne ich auch wegfuhr, liebte ich es jedes Mal, wieder nach Hause zu kommen, gerade in turbulenten Zeiten wie dieser.

Überrascht bemerkte ich, dass Grandma auf mich gewartet zu haben schien, obwohl es schon ziemlich spät war. „Wie war deine Reise, Liebes?", fragte sie, reckte und dehnte sich und stand auf, um mich zu begrüßen.

„Hast du meine Nachrichten erhalten?". fragte ich und umarmte sie.

„Ja, alle siebzehn. Tut mir leid, dass ich auf keine von ihnen geantwortet habe, aber ich dachte mir, dieses Gespräch sollten wir von Angesicht zu Angesicht führen."

Wo hatte ich diese Worte nur schon einmal

gehört? Ach ja. Sharon. Ich würde sie anrufen müssen, um ihr alles zu erzählen, da wir vor unserer Abreise keine Zeit mehr gehabt hatten, uns nochmals mit ihr zu treffen. Zudem konnte ich mich des Gefühls nicht erwehren, dass wir sie in Zukunft ziemlich häufig sehen würden, angefangen mit unserer bevorstehenden Hochzeit.

„Soll ich Tee aufsetzen?", bot Grandma an und deutete mit dem Daumen in Richtung Küche.

„Nein", entgegnete ich, ließ mich vorsichtig auf die Couch fallen und klopfte auf den freien Platz neben mir. Wenn ich ihr jetzt eine Ausrede lieferte, um die Unterhaltung aufzuschieben, würde sie nur noch weitere dafür Gründe finden. Wir mussten direkt darüber reden.

Ich beugte mich zu ihr hinüber, nahm ihre beiden Hände in die meinen und wartete, dass sie anfing, mir zu erzählen, was sie auf dem Herzen hatte.

„Es tut mir leid, dass ich dich all die Jahre von deiner leiblichen Großmutter ferngehalten habe. Das ist das Einzige in meinem Leben, was ich aufrichtig bedauere", sagte sie seufzend.

Ich schüttelte energisch den Kopf. „Ich nicht."

Sie hob fragend den Blick. „Wie bitte?"

„Ich bedauere nicht, dass du das getan hast, und du solltest es ebenfalls nicht tun."

Grandma schluckte schwer. „War sie wirklich so schrecklich?"

„Im Gegenteil, sie war sogar ziemlich cool." Ich lächelte und erinnerte mich an die Momente, die wir an diesem Wochenende miteinander geteilt hatten.

Ihr Gesichtsausdruck verfinsterte sich.

„Dennoch bin ich mehr als froh, dass ich bei dir aufwachsen durfte", fügte ich schnell hinzu. „Lyn ist nett, und ich freue mich darauf, sie noch besser kennenzulernen zu dürfen, aber du allein warst es, die mich zu dem gemacht hat, was ich heute bin. Ich liebe mein Leben. Und ich liebe dich. Ich hätte es nicht anders gewollt."

„Wirklich?" In diesem Moment wirkte Großmutter so zerbrechlich, und zum wahrscheinlich allerersten Mal sah man ihr ihr Alter an. Auch sie hatte viel durchgemacht und über Jahre ein großes Geheimnis mit sich herumgeschleppt. Wie musste sie sich jetzt fühlen, da es aufgedeckt worden war, und jeder sie trotzdem noch liebte wie eh und je?

„Es ist mein voller Ernst, großes Indianerehrenwort", erwiderte ich mit alberner Stimme.

Sie lachte über meine Anspielung auf einen alten Film, den wir in meiner Kindheit unzählige Male zusammen angesehen hatten.

„Wirst du mir das jetzt endlich glauben?"

Sie wischte sich eine Träne von der Wange, griff dann erneut nach meinen Händen und drückte sie fest. „Zumindest werde ich es versuchen."

„Das ist doch das Beste, was wir alle tun können, oder nicht?", grinste ich. „Diesen Satz hat mich eine superschlaue und fantastische Frau gelehrt."

„Da wir gerade mit all diesen schönen Adjektiven um uns werfen ... wie war sie? Konntest du in Erfahrung bringen, warum William ...?" Sie brach ab, war nicht bereit – oder vielleicht nicht in der Lage – das auszusprechen, was ihr verstorbener Freund getan hatte. Mit dieser einen Aktion hatte er unser aller Leben für immer verändert. Auch wenn wir nie mit Sicherheit wissen werden, was wirklich dahintersteckte, vertraute ich doch Oma Lyns Interpretation der Ereignisse. Und immer wieder fragte ich mich, ob mein verschwundener Großvater mich so akzeptiert hätte, wie ich bin, wenn er die Chance gehabt hätte, mich kennenzulernen.

Die Stimmung war viel zu angespannt, und so beschloss ich, dass ein kleiner Witz nichts schaden könnte. Ich fuhr fort, indem ich mein Bestes gab, Charles zu imitieren. „Die vorherrschende Theorie ist, dass er ihr deine Mom wegnahm weil er glaubte, sie vor Lyn beschützen zu müssen."

Grandma riss bestürzt die Augen auf. „War sie gefährlich? Ist sie das jetzt immer noch?"

Ich wedelte mit den Fingern. „Die Frau ist völlig durchgeknallt. Wie sich herausstellte, kann sie mit Tieren sprechen."

Großmutter schnappte hörbar nach Luft. „Das ist nicht dein Ernst!"

Ich lächelte nur und nickte. „Niemand glaubte ihr, nicht einmal Großvater. Anstatt zu akzeptieren, dass Magie möglich ist, zog er es vor, seine eigene Tochter wegzugeben und sie somit nie wiederzusehen."

Erneut schnappte sie nach Luft. „Du meine Güte, der arme alte Mann. Er hat so viel verpasst."

„Es war seine ureigene Entscheidung", erinnerte ich sie. „Lyn war es, die keine Wahl hatte, und du ebenso wenig."

„Seine Entscheidung war eindeutig falsch und klingt so gar nicht nach dem Freund, den ich kannte. Dennoch bin ich unglaublich dankbar für das Leben, das wir gemeinsam teilen durften."

„Ich auch", sagte ich und drückte ihr einen Kuss auf die Wange.

Grandma schüttelte noch immer fassungslos den Kopf und sah hinunter auf ihren Schoß. „Du und sie hattet euch bestimmt jede Menge zu erzählen."

„Allerdings, und ich mag sie wirklich."

Und was sie dann sagte, überraschte mich mehr als alles andere an diesem verrückten Wochenende. „Ich glaube, ich würde sie auch mögen."

„Es freut mich, dass du das sagst, denn ich habe sie für nächsten Monat eingeladen. Ich dachte mir, so hätten wir vor dem Hochzeitstermin noch genug Zeit, um alles zu verarbeiten und uns besser kennenzulernen. Übrigens, ich habe auch noch eine neue Freundin gefunden, die dir mit Sicherheit gefallen wird. Ihr Name ist Sharon, und …"

Wir bleiben die ganze Nach auf und redeten und redeten, so wie in früheren Zeiten. Eigentlich hätte ich auch meiner Mom viel zu berichten, aber das konnte bis morgen warten. Sie hatte ihre eigenen Ansichten, was diese unschöne Geschichte anbelangte, und ich musste mir erst noch überlegen, wie ich ihr helfen konnte, all die Neuigkeiten zu verarbeiten.

Aber dafürsind die Menschen in deinem Leben ja da.

Sie stehen dir zur Seite, und es ist völlig in Ordnung, sich, wenn nötig, hilfesuchend an sie zu wenden.

Das war etwas, das ich an diesem Wochenende

gelernt hatte, und ich hoffte, dass auch Großmutter Lyn es mit der Zeit verstehen würde.

Ich konnte es kaum erwarten, sie dem Rest der Familie vorzustellen und freute mich darauf, mit ihr unsere gemeinsame Fähigkeit weiter zu ergründen.

Was würde diese Wendung wohl für unsere Zukunft bedeuten?

Würde Pet Whisperer P.I. einen neuen Partner bekommen?

Wenn ich das nur wüsste … Aber ausnahmsweise versprach dieses Nichtwissen endlich einmal Spaß zu machen.

Wie geht es weiter?
Finde es schnell heraus …

Falsches Spiel am Futterplatz ist jetzt erhältlich.

Sichere dir noch heute dein Exemplar, damit du direkt mit der Fortsetzung dieser verrückten Krimiserie weiterlesen kannst!

Und vergiss nicht, dich in Mollys Liste einzutragen,

damit du über alle Neuerscheinungen, monatlich stattfindende Verlosungen und weitere coole Aktionen (einschließlich jeder Menge Katzenfotos) informiert bleibst.

Hole dir noch heute dein persönliches Exemplar und fange direkt an zu lesen. Katzengeheimnisse.com/abonnieren

WIE GEHT ES WEITER?
FALSCHES SPIEL AM FUTTERPLATZ

Eigentlich hatte ich mich entschlossen, mein Privatdetektivleben für eine gewisse Zeit auf Eis zu legen und mich voll und ganz der Organisation meiner bevorstehenden Hochzeit zu widmen. Aber als meine neu zugezogene Nachbarin tot aufgefunden wird, lasse ich natürlich wieder alles stehen und liegen, um den Fall zu untersuchen – vor allem deshalb, weil ich selbst ein eindeutiges Motiv für den Mord an ihr hätte und nicht scharf darauf bin, meiner großen Liebe im Gefängnis das Jawort geben zu müssen.

Die Polizei behauptet abschließend, ihr Tod sei ein Unfall gewesen, aber ich habe da so meine Zweifel. Ein verängstigter Hirsch ist vielleicht der Einzige, der weiß, was wirklich passiert ist, aber es ist nicht gerade einfach, ihn davon abzuhalten, bei jedem Gesprächsversuch das Weite zu suchen.

Und das ist nicht das einzige Problem. Octocat und ich sind uns uneinig darüber, wie wir unsere neuesten Ermittlungen am besten angehen sollten. Es bleibt mir also nichts anderes übrig, als auf meine anderen, weniger verlässlichen tierischen Gehilfen zurückzugreifen. Kann ich nicht nur ein falsches Spiel nachweisen, sondern den Fall zudem auch noch lösen?

Hole dir noch heute dein persönliches Exemplar und fange direkt an zu lesen.

Viel Spaß!

KURZE VORSCHAU
FALSCHES SPIEL AM FUTTERPLATZ

Mein Name ist Angie Russo, und ich führe ein äußerst ungewöhnliches Leben. Dank meines charmanten Verlobten und meiner verrückten Grandma ist es voller Liebe, aber auch voller Unruhe … jeder Menge Unruhe, das darf ich Ihnen versichern.

Ich kann nämlich mit Tieren sprechen, und sobald diese das spitz gekriegt haben, werde ich sie nicht mehr los. Alles begann mit einem Kater namens Octocat. Er und ich trafen uns bei einer Testamentseröffnung in einer Anwaltskanzlei, in der ich zum damaligen Zeitpunkt als Aushilfe arbeitete. Seine Besitzerin war kurz zuvor verstorben, und ich hatte gerade mit Müh und Not einen unheilvollen Zusammenstoß mit einer defekten Kaffeemaschine überlebt. Zählen Sie eins und eins zusammen und – voilà – das war der Beginn unserer seltsamen Freundschaft. Das Erste, was wir gemeinsam in Angriff nahmen, war, den Mord an seinem ehemaligen Frauchen aufzuklären, was sich nicht direkt einfach gestaltete, weil sämtliche Angehörigen davon ausgingen, dass die alte Dame eines natürlichen Todes gestorben war.

Nachdem ich meinen getigerten Gefährten offiziell adoptiert hatte, wurde ich automatisch zur Verwalterin seines recht großzügigen Treuhandfonds, und wir beide bezogen das alte Herrenhaus, das seine einstige Besitzerin ihm ebenfalls hinterlassen hatte. Nur kurze Zeit später holte ich meine Großmutter, kurz Grandma genannt, zu uns, und damit auch ihren bezaubernden dreifarbigen, untergründig schwarzen Chihuahua-Welpen namens Paisley.

Irgendwann realisierte unsere bunt zusammengewürfelt Truppe, dass wir ein Händchen für das Lösen von geheimnisvollen Kriminalfällen zu haben schienen, und so gründeten wir ganz offiziell eine Detektei, die – sehr zu meinem Leidwesen – den Namen Pet Whisperer P.I. aufgedrängt bekam. Das Letzte, was ich eigentlich will, ist, dass Fremde spitz bekommen, dass ich mit Tieren sprechen kann. Aber glücklicherweise sind bisher alle der Ansicht, dass es sich hierbei um ein Wortspiel oder einen missglückten Werbeversuch handelt.

Wie auch immer, wir sind stets überglücklich, wenn wir einen Fall aufklären können, obwohl wir nur selten dafür bezahlt und normalerweise nicht einmal offiziell damit betreut werden. Die Morde und Verbrechen fallen uns einfach so in den Schoß. Aber irgendetwas muss man ja schließlich tun, um seinen Tag herumzubringen, oder?

Was mir allerdings gar nicht gefällt, ist, wenn man mich als Hobby-Detektivin bezeichnet. Also bitte! Ich leite ein offizielles Unternehmen; es handelt sich sogar um eine eingetragene GmbH. Wenn mich das nicht zu einem Profi macht?

Mein Verlobter ist der Seniorpartner der örtlichen Anwaltskanzlei, in der auch ich früher gearbeitet habe. Es gab jede Menge Irrungen und Wirrungen, bis er endlich seinen wohlverdienten Platz an der Spitze einnehmen konnte. Mittlerweile läuft alles in geregelten Bahnen und zusammen stellen wir beide die Kleinstadtversion von *Law und Order* in Maine dar.

Das letzte erwähnenswerte Mitglied unseres skurrilen Ensembles ist ein Waschbär namens Pringle, der in einem Baumhaus in unserem Garten lebt. Er liebt Müll, Katzenfutter und Nerf-Guns, aber absolut verrückt ist er nach Reality-TV. Meistens verursacht er mehr Probleme, als dass er sie behebt, aber trotzdem ist er uns mittlerweile ans Herz gewachsen. Na ja, zumindest den meisten von uns.

Selbst nach diesem guten Jahr, in dem ich jetzt bereits mit meinem Kater zusammenlebe, bin ich mir sicher, dass er mich auf seiner Sympathieskala nur als ‚halbwegs okay‘ einstuft, und Pringles rangiert mit Sicherheit noch deutlich unter mir.

Was mich betrifft ... Ich bin gerade schwer damit beschäftigt, zum einen meine Hochzeit zu planen und zum anderen meine leibliche Großmutter besser kennenzulernen ... eine Frau, die ich erst kürzlich wiedergefunden habe und von deren Existenz ich viele Jahre lang nichts ahnte. Und wissen Sie, was das Beste daran ist? Meine Oma Lyn kann ebenfalls mit Tieren sprechen. Bei unserem ersten Treffen haben wir so viel über unsere gemeinsamen Talente gequatscht, dass wir beide irgendwann stockheiser waren.

Grandma ist immer noch ein wenig eifersüchtig auf die vermeintliche Nebenbuhlerin, aber sie arbeitet an sich. Und ganz ehrlich: Ich könnte noch hunderte lang vermisste Verwandte aufstöbern und würde mich trotzdem nie von der Frau abwenden, die mich großgezogen hat und zu meiner allerbesten Freundin wurde.

Ach ja, meine Grandma ... So sehr ich mich auch darauf freue, mit Charles den Bund der Ehe einzugehen, fürchte ich mich auch irgendwie davor. Ich habe fast mein ganzes Leben mit ihr verbracht – mit Ausnahme einer kurzen Zeit, in der ich versuchte, eine gewisse Selbständigkeit zu erlangen und in eine schäbige Mietwohnung zog. Wenn ich jetzt Charles heirate, werde ich natürlich bei ihm einziehen, denn sie hat mir klar und deutlich zu verstehen gegeben, dass Frischvermählte ihren Freiraum brauchen.

Also werde ich jede Sekunde, die mir mit meiner lustigen, lebensfrohen Großmutter noch bleibt, genießen. Und Gott sei Dank ist es ja nicht so, als würden wir weit wegziehen ... ich genaugenommen werde überhaupt nicht umziehen. Grandma hat nämlich beschlossen, ihr altes Haus von Charles zurückzukaufen. Was für eine glückliche Fügung des Schicksals, dass er damals ihr altes Anwesen erwarb, als ich sie zu Octocat und mir in die herrschaftliche Villa holte – und mein Schatz wird hier bei mir einziehen. Die Strecke von mir zum Büro kennt er mittlerweile im Schlaf, nur dass es zukünftig eben anders sein wird.

Außerdem habe ich Grandma schon vorgewarnt,

dass sie mich mindestens fünfmal pro Woche zum Abendessen erwarten darf, und ich werde auch an ihrem Zimmer nichts verändern, für den Fall, dass sie doch wieder zurückkommen möchte. Sie wird auch nicht jünger, obwohl sie in besserer körperlicher Verfassung ist als ich und uns wahrscheinlich alle überlebt, sogar Octocat, der noch einige seiner sieben Leben vor sich hat.

* * *

Normalerweise erwache ich vom Geruch Grandmas frischer Backwaren, der sich einen Weg von der Küche ins Obergeschoss bahnt. Heute jedoch war es ein Streit meiner Mitbewohner, der mich aus dem Schlaf riss.

„Gestehe oder stirb!", brüllte Pringle und jagte Paisley quer über meine Brust.

„Aufhören! Du machst mir Angst!", jaulte der winzige Chihuahua und zog beim Rennen den Schwanz fest ein.

„Du bist es, Kleine, die uns allen Angst macht. Das passiert, wenn man Geheimnisse vor den Bullen hat." Nun hatte auch der Waschbär es sich auf mir bequem gemacht und benutzte mich als eine Art

Podium für seine lächerliche Rede. Autsch! Seine Krallen waren verdammt scharf.

„Pringle", knurrte ich und schubste ihn von mir runter. „Du hast hier im Haus nichts zu suchen, und in meinem Zimmer schon gleich zweimal nicht!"

„Tut mir leid, Schätzchen. Ich wollte dich nicht wecken, aber du beherbergst meine Hauptverdächtige, und das geht leider gar nicht." Zur Bekräftigung wedelte er mit einem seiner kleinen schwarzen Finger in der Luft herum. „Man kann sich vor dem langen Arm des Gesetzes nicht verstecken."

„Aber ich habe ja nicht einmal Arme!", jammerte Paisley. „Ich bin doch ein Hund."

Der Waschbär schlug sich mit der Hand auf die Stirn und seufzte theatralisch auf. „Dick Tracy musste sich mit so etwas nie auseinandersetzen, das kann ich euch versichern."

Sprach er nun zu sich selbst oder nach wie vor zu einem imaginären Publikum? Wie auch immer, so allmählich ging er mir gehörig auf den Geist. Seit er eine Vorliebe für alte Schwarz-Weiß-Gangsterfilme entwickelt hatte, war es bei uns vorbei mit der Ruhe, denn er vermutete hinter sämtlichen Geschehnissen einen Fall, den es zu lösen galt. Gestern beispielsweise wurden wir alle zu dem Thema *Leerer Wassernapf* verhört. Das jedoch konnte recht schnell aufgeklärt werden, und Pringle verbrachte somit wesentlich mehr Zeit damit, sich im Glanz seines Erfolgs zu aalen als mit den eigentlichen Ermittlungen.

„Geht woanders spielen." Mit dieser Aufforderung zog ich mir die Decke über den Kopf und betete im Stillen, dass sie mir wenigstens dieses Mal zugehört haben mochten.

Wunschdenken! Nur Sekunden später schlüpfte Paisley unter die Bettdecke und begann, mir die Ohrmuschel zu lecken. „Mami!", quietsche sie dermaßen laut, dass ich erschrocken in die Höhe fuhr. „Pringle sagt, es sei meine Schuld, dass draußen ein großer Lastwagen steht. Angeblich hätte ich geheime Informationen an die Russen verkauft. Was sind denn Russen?"

Für so etwas war es definitiv noch zu früh, aber leider, so hatte die Vergangenheit gezeigt, würde ich nach dem ganzen Trubel nicht wieder einschlafen können. Außerdem sollte ich lieber auf das kleine Hündchen achtgeben, das der Waschbär sich schon des Öfteren als Opfer auserkoren hatte. Normalerweise ließ er erst dann wieder von ihr ab, wenn ich ihn, nicht selten mit Gewalt, in seine Schranken verwies.

Also schwang ich stöhnend die Beine aus dem

Bett. „Pringle, ich will dich nicht noch einmal in meinem Schlafzimmer sehen. Haben wir uns verstanden?"

„Ist ja schon gut. Die Katze und der Hund dürfen rein, und nur, weil ich ein Waschbär bin und eine Maske im Gesicht trage ... Das ist Diskriminierung." Er warf mir einen missmutigen Blick zu. „Ich hätte dich nie für so kleinlich gehalten."

„Wilde, frei lebende Tiere haben im Haus nichts zu suchen", stieß ich zwischen zusammengebissenen Zähnen hervor.

„Moment mal, Schätzchen. Merkst du eigentlich, was du da sagst?" Plötzlich jedoch leuchtete etwas in seinen Augen auf, und er begann zu glucksen. „Oh, jetzt verstehe ich. Hier ging es überhaupt nicht um mich."

„Ach nein?"

„Nein! Du fühlst dich von meinen Ermittlungskünsten unter Druck gesetzt. Das ist es! Eine gescheiterte Privatdetektivin wie du? Kein Wunder, dass du kein brillantes Genie wie mich um dich haben willst."

„So, jetzt reicht's aber endgültig", donnerte ich und jagte den kleinen Banditen aus meinem Turm, zwei Treppenabsätze hinunter und durch die elektronische Katzenklappe, die er irgendwie wieder einmal geknackt hatte, ins Freie.

Paisley lief mir hinterher und bellte in einer Tour. „Und bleib bloß draußen, du nichtsnutziger Kerl", keifte sie, bevor sie ebenfalls durch die Tierhaustür nach draußen verschwand.

Ich zog die Vorhänge zurück und beobachtete die beiden, wie sie durch den Garten flitzten, und dann entdeckte ich ihn: Einen riesigen Umzugswagen, der direkt in unserer Einfahrt parkte.

Hole dir noch heute dein persönliches Exemplar und fange direkt an zu lesen.

ÜBER MOLLY FITZ

Obwohl USA-Today-Bestsellerautorin Molly Fitz genau genommen nicht mit Tieren sprechen kann, führen sie und ihre drei tierischen Co-Autoren oft tiefgründige und lebhafte Gespräche, während sie den alltäglichen Dingen des Lebens nachgehen.

Molly lebt mit ihrem Kind und ihrem eigenen Privatzoo irgendwo in der Wildnis von Alaska. Gelegentlich wagt sie sich hinaus, um ein exquisites Essen zu genießen, einen guten Kaffee zu trinken oder neue Tierfreunde zu treffen.

Erfahre mehr über Molly und ihre deutschen Veröffentlichungen, indem du dich gleich für ihren Newsletter anmeldest:

www.katzengeheimnisse.com

MISS DOLITTLES GEHEIMNIS

Angie Russo hat sich gerade mit dem ersten sprechenden Katzendetektiv von Blueberry Bay zusammengetan. Gemeinsam mit seiner bunt zusammengewürfelten Schar menschlicher und tierischer Helfer ist Octocat fest entschlossen, jede Situation zu retten – solange sie nicht mit seinem persönlichen Zeitplan kollidiert.

Viel Spaß mit Band 1 – **Kommissar Katerchen**

MERLINS MAGISCHE ABENTEUER

Gracie Springs ist keine Hexe … ihr Kater hingegen schon. Jetzt muss sie alles in ihrer Macht Stehende tun, um sein Geheimnis zu wahren, oder sie riskiert, den Rest ihres Lebens in einem magischen Gefängnis zu verbringen. Zu dumm, dass sie den Ärger geradezu magnetisch anzuziehen scheint!

Viel Spaß mit Band 1 – **Merlin findet eine Vertraute**

AGENTUR FÜR PARANORMALE ZEITARBEIT

Tawny Bigfords gewöhnlich zu nennendes Leben nimmt eine magische Wendung, als sie über die Leiche ihrer Vermieterin stolpert und von einer sprechenden schwarzen Katze rekrutiert wird, die Rolle der Verstorbenen als offizielle Stadthexe von Beech Grove, Georgia, zu übernehmen.

Viel Spaß mit Band 1 – **Eine Hexe für alle Gelegenheiten**

DAS GEISTERHAFTE GÄSTEHAUS (MIT TRIXIE SILVERTALE)

Sydney Coleman hat alles erreicht – und doch steht sie irgendwann vor dem Nichts. Gerade, als sie ihr neues Bed and Breakfast eröffnen will, stellt sich ihr ein Geistertrio auf Schritt und Tritt in den Weg. Die Geister bestehen darauf, dass sie den Mord an ihrer Herrin aufklärt, aber Sydney braucht dringend Geld. Wenn nicht bald ein paar zahlende Gäste eintreffen, ist ihre Spukvilla dem Untergang geweiht.

Viel Spaß mit Band 1 – *Mörderischer Mondschein*

VERBINDE DICH MIT MOLLY

Wenn du ebenfalls ein großer Fan von spannenden, schrägen Tierkrimis bist, sollten wir unbedingt Freunde werden.

Wie wäre es, wenn du direkt einmal meine Facebook-Seite besuchst, die ich speziell für meine treuen deutschen Leser eingerichtet habe? Hier der Link dazu:

Facebook.com/Katzengeheimnisse

Oder melde dich für meinen Newsletter an und sichere dir als Abonnent gratis ein digitales Geschenkpaket, einschließlich einer exklusiven Kurzgeschichte über Octocat:

Katzengeheimnisse.com/Abonnieren